BASTEI
LÜBBE

Aus dieser Taschenbuchreihe sind folgende Romane erhältlich. Fragen Sie Ihren Buch- oder Zeitschriftenhändler.

21 126 Brian M. Stableford
Schwanengesang

21 127 E. E. Doc Smith/Stephen Goldin
Das Puritaner-Komplott

21 128 Jerry Pournelle
Der letzte Söldner

21 129 Kenneth Bulmer
Star City

21 130 Keith Laumer
Der Ultimax

21 131 Karl Heinz Prieß
Androiden-Jäger

21 132 Alex Raymond mit Carson Bingham
Flash Gordon und die Cybernauten

21 133 Roger Zelazny
Mein Name ist Legion

21 134 Steve Gallagher
Saturn 3

21 135 Gary K. Wolf
Killerspiel

21 136 Jerry Pournelle
Jenseits des Gewissens

21 137 Kenneth Bulmer
Das Männlichkeits-Gen

21 138 Isaac Asimov
Lucky Starr

21 139 Gary K. Wolf
Zwischen hier und nirgendwo

21 140 Poul Anderson
Im Dienst der Erde

21 141 Isaac Asimov
Lucky Starr
im Asteroidengürtel

21 143 Lucky Star auf der Venus

21 139 Gary K. Wolf
Zwischen hier und nirgendwo
Poul Anderson

21 140 Im Dienst der Erde

21 142 Höllenzirkus

21 144 Georg Zebrowski
Asche und Sterne

Isaac Asimov

Lucky Starr im Licht der Merkursonne

Science Fiction-Roman

BASTEI LÜBBE

BASTEI-LÜBBE-TASCHENBUCH
Science Fiction Action
Band 21 145

Deutsche Lizenzausgabe 1981
Bastei-Verlag Gustav H. Lübbe, Bergisch Gladbach
Originaltitel: LUCKY STARR AND THE BIG SUN OF MERCURY
Ins Deutsche übertragen von Ekkehart Reinke
Titelillustration: Peter Elson
Umschlaggestaltung: Quadro-Grafik, Bensberg
Druck und Verarbeitung:
Mohndruck Graphische Betriebe GmbH, Gütersloh
Printed in Western Germany
ISBN 3-404-21145-6

Der Preis dieses Bandes versteht sich einschließlich der gesetzlichen Mehrwertsteuer.

VORWORT

Dieser Roman wurde im Jahre 1956 geschrieben. Die Beschreibung des Planeten Merkur stand im Einklang mit dem astronomischen Wissen der damaligen Zeit.

Seitdem hat uns aber die schnelle Entwicklung der Radartechnologie und der Raumfahrt grundlegend neue Erkenntnisse über das Sonnensystem beschert.

So galt im Jahre 1956 noch als sicher, daß Merkur der Sonne stets dieselbe Seite zuwendet. Man mußte also annehmen, daß eine Halbkugel ständig im Sonnenlicht liegt, während die andere in ewiger Finsternis verharrt und nur schmale Grenzregionen abwechselnd Sonne und Schatten hatten.

Nach der Auswertung von Radarstudien kamen die führenden Astronomen dann 1965 zu einem neuen überraschenden Ergebnis. Während die Umlaufzeit des Merkur um die Sonne – 88 Tage – bestätigt wurde, stellte sich heraus, daß sich der Planet nicht in 88 Tagen, wie bis dahin angenommen, sondern in 59 Tagen um die eigene Achse dreht.

Das bedeutet, daß die gesamte Oberfläche des Merkur zu irgendeiner Zeit von der Sonne beschienen wird. Eine »dunkle Seite« gibt es also nicht.

Ich hoffe, daß Ihnen der Roman trotzdem gefallen wird, wenn auch einige Voraussetzungen sich dank neuer wissenschaftlicher Erkenntnisse geändert haben.

Isaac Asimov
November 1970

I

DIE GEISTER DER SONNE

Lucky Starr und sein kleiner Freund John Bigman Jones folgten dem jungen Ingenieur über die Rampe zu der Luftschleuse, durch die man auf den Planeten Merkur gelangte.

Wenigstens kommen wir schnell zur Sache, dachte Lucky.

Sie waren erst vor einer Stunde auf dem Merkur gelandet. Gerade genügend Zeit, um sein Raumschiff, die *Shooting Starr,* im unterirdischen Hangar zu parken. Bisher hatte er nur einige Techniker kennengelernt, die alle Landungsformalitäten erledigt hatten und nun sein Schiff warteten.

Ja, und dann natürlich Scott Mindes, den Chefingenieur von »Projekt Licht«. Es kam ihm so vor, als habe der junge Mann ihn schon sehnlich erwartet. Mindes schlug ihm sofort einen Ausflug auf die Oberfläche vor.

Es gebe dort Sehenswürdigkeiten zu besichtigen ...

Daran glaubte Lucky natürlich nicht. Das Gesicht des Chefingenieurs verriet quälende Sorge. Unruhig zuckte der Mund über dem schmalen Kinn. Die Augen mieden Luckys kühlen, forschenden Blick.

Dennoch war Lucky auf den Vorschlag, die Oberfläche zu besichtigen, ohne Widerspruch eingegangen. Bisher wußte er nicht mehr von den Schwierigkeiten auf dem Merkur, als daß sie für den Wissenschaftsrat ein kitzliges Problem darstellten. Er war bereit, sich Mindes' Führung anzuvertrauen. Man würde sehen ...

Bigman Jones war wie immer hocherfreut, daß er Lukky begleiten durfte. Er wäre ihm auch in die Hölle gefolgt, ohne nach dem Grund zu fragen.

Aber als sie alle drei in ihre Anzüge schlüpften, war es Bigman, der bedeutungsvoll die Augenbrauen hob und mit kaum merklichem Kopfnicken auf die Schulterhalfter an Mindes' Anzug aufmerksam machte.

Lucky nickte kühl zurück. Auch er hatte bemerkt, daß aus der Halfter der Kolben eines großkalibrigen Blasters ragte.

*

Der junge Ingenieur betrat als erster die Oberfläche Merkurs. Lucky folgte, und Bigman kam zuletzt.

In der fast schwarzen Finsternis verloren sie einander sofort aus den Augen. Man sah nur Sterne. Hell und hart leuchtend hingen sie im kalten, luftleeren Raum.

Bigman gewöhnte sich rasch an die veränderten Bedingungen. Merkur glich in vielem seinem Heimatplaneten Mars. Fast die gleiche Anziehungskraft, und auch die Marsnächte waren dunkelschwarz, während die Sterne fast genauso hell und hart glänzten.

Hell tönte seine Stimme in ihren Empfängern: »He, ich fange an, etwas zu erkennen!«

Jetzt begann auch Lucky Umrisse wahrzunehmen. Er war verwundert. Eigentlich konnte das Sternenlicht doch nicht ausreichen! Aber es lag ein schwach leuchtender Nebel über der Landschaft und tauchte die scharfen Felskanten in ein milchiges Licht.

Der Anblick erinnerte Lucky an die zwei Wochen dauernden Nächte auf dem Mond. Die gleiche wüste, rauhe, abweisende Landschaft. Seit Jahrmillionen kein Wind und kein Regen! In dieser wasserlosen Welt war das nackte Felsgestein einer Kälte preisgegeben, die jede menschliche Vorstellungskraft überstieg.

Ja, auch auf dem Mond hatte Lucky nachts dieses milchige Licht wahrgenommen. Dort stammte es allerdings von der Erde. 16mal so hell wie der Vollmond auf die Erde – strahlte die Vollerde auf den Mond!

Aber hier am Nordpol des Merkurs, wo das Sonnenobservatorium lag, gab es keinen anderen Planeten, mit dem man den Schimmer erklären konnte.

»Ist es Sternenlicht?« fragte Lucky schließlich – und wußte doch schon, daß dies unmöglich war.

Scott Mindes antwortete in müdem Ton: »Es ist der Schein der Sonnenkorona.«

»Große Galaxis!« rief Lucky und lachte unterdrückt auf. »Die Sonnenkorona! Natürlich! Daß ich darauf nicht gekommen bin!«

»Worauf gekommen?« wunderte sich Bigman. »Was soll das heißen?« He, Mindes, raus mit der Sprache!«

»Drehen Sie sich um!« forderte Mindes sie auf.

Sie taten es, und der Anblick war überwältigend. Lukky pfiff anerkennend durch die Zähne. Bigman stieß einen Ruf der Überraschung aus. Nur Mindes blieb stumm.

Vor ihnen hob sich der Horizont scharf gegen einen glühenden Himmel ab. Jede Einzelheit war klar und deutlich zu erkennen. Nach oben allmählich schwächer werdend, reichte das Glühen bis zu einem Drittel des Zenits. Es war ein bleiches, unwirkliches, zuckendes Licht von magisch wirkender Kraft.

»Das ist die Korona, Mr. Jones«, sagte Mindes.

So leicht ließ sich Bigman nicht beeindrucken. Bevor er bereit war, über ein Weltwunder zu staunen, wies er im Gefühl der eigenen Bedeutung den anderen scharf zurecht: »Bitte, merken Sie sich: man nennt mich Bigman!« Erst dann nahm er von der Korona Notiz: »Ach, so, die Protuberanzen! Offen gestanden, hatte ich mir die Korona nicht so hell vorgestellt.«

»Sie reicht zwei Millionen Kilometer über den Sonnenrand hinaus – wenn nicht noch weiter«, erklärte Mindes. »Und der Merkur ist nur 48 Millionen Kilometer von der Sonne entfernt. Sie stammen vom Mars, nicht wahr?«

»Auf dem Mars geboren und aufgewachsen«, antwortete Bigman.

»Sie müssen bedenken, daß die Sonne vom Merkur aus 36mal so groß erscheint wie vom Mars. Folglich ist auch ihre Korona 36mal größer und heller als auf dem Mars.«

Lucky nickte. Auf der Erde war die Korona nur bei totaler Sonnenfinsternis sichtbar. Mit großer Spannung sah er dem Erlebnis des Sonnenaufgangs auf dem Merkur entgegen. Sie würde neunmal so groß erscheinen wie auf der Erde. Ohne Zweifel ein majestätischer Anblick!

Als Mindes ihnen Sehenswürdigkeiten zu zeigen versprach, hatte er wahrlich nicht übertrieben.

»Man nennt dieses Licht«, fuhr Mindes fort, und seine Stimme klang bitter, »den weißen Geist der Sonne.«

»Das gefällt mir«, meinte Lucky. »Eine sehr treffende Bezeichnung.«

»Das gefällt Ihnen?« sagte Mindes erregt. »Nun, mir gefällt es ganz und gar nicht. Es gibt bereits zuviel Gerede über Geister auf diesem Planeten. Ein Unglücksbringer, dieser Merkur! Alles geht hier schief. In den Bergwerken …« Er brach ab.

Ich will ihn jetzt nicht drängen, dachte Lucky.

Laut sagte er: »Sie wollten uns doch noch ein besonderes Phänomen zeigen?«

»O ja. Dazu müssen wir noch ein Stück weitergehen. Nicht weit, und die Schwerkraft ist ja niedrig. Aber achten Sie darauf, wo Sie hintreten! Wir haben hier keine Straßen, und das Koronaglühen verursacht optische Täuschungen. Ich schlage vor, wir schalten die Helmlampen an.«

Er selber tat es schon, während er noch sprach. Über der Gesichtsscheibe schoß ein Lichtstrahl nach vorn und verwandelte den Boden in ein wirres Muster aus Gelb und Schwarz. Zwei weitere Lichtstrahlen folgten, und dann bewegten sich die drei Gestalten auf ihren dick isolierten Stiefeln vorwärts. Im luftleeren Raum verursachten ihre Schritte keinerlei Geräusch. Aber jeder spürte die feinen Schwingungen an der Luftbewegung im Raumanzug.

Während des Gehens kam Mindes auf trübe Gedanken. Mit leiser, angespannter Stimme beklagte er sich über den Planeten. »Ich hatte den Merkur! Seit sechs Monaten bin ich hier, das sind zwei Merkurjahre, und ich habe die Nase voll. Ursprünglich hatte ich angenommen, daß ich nicht länger für meine Aufgabe brauchen würde. Aber jetzt ist die geplante Zeit vorbei, und nichts wurde erreicht. Nichts! An diesem Planeten ist alles faul. Er ist der kleinste Planet im Sonnensystem und steht der Sonne am nächsten. Und er kehrt ihr ewig dieselbe Seite zu.« Sein Arm deutete zurück. »Dort drüben beginnt die Halbkugel, die niemals ein Sonnenstrahl erreicht – die einzige im ganzen Sonnensystem. Nein, wirklich, hier ist alles trostlos.«

Er blieb vor einem zwei Meter breiten, flachen Graben stehen, dem Überbleibsel eines Merkurbebens vor Äonen von Jahren – einem Graben, der sich wegen der Abwesenheit von Regen und Wetter nie verändern würde. Dann sprang er ungeschickt hinüber – ein Erdenmensch, der auch auf dem Merkur ständig in der künstlichen Schwerkraft in der Kuppel des Observatoriums lebte.

Bigman schnalzte geringschätzig mit der Zunge, als er Mindes springen sah. Er und Lucky überwanden den Graben leichtfüßig. Sie verlängerten nur ein wenig ihren normalen Schritt.

Nach weiteren 400 Metern sagte Mindes plötzlich: »Von hier aus können wir es sehen. Wir kommen gerade zurecht.«

Beim Stehenbleiben wankte er und mußte die Arme ausstrecken, um das Gleichgewicht zu bewahren. Bigman und Lucky stoppten geschickt mit einem kleinen Sprung, der einen Steinwirbel auslöste.

Mindes' Helmlampe erlosch. Mit ausgestrecktem Arm wies er nach vorn. Auch Lucky und Bigman schalteten ihre Lampen aus, und vor ihnen in der Finsternis war ein kleiner, unregelmäßig geformter Fleck von blendendem Weiß zu sehen.

Es war Sonnenschein, viel intensiverer Sonnenschein als Lucky je auf der Erde gesehen hatte.

»Von hier aus sieht man ihn am besten«, erklärte Mindes. »Es ist der Gipfel des Schwarz-und-Weiß-Berges.«

»Heißt der wirklich so?« fragte Bigman.

»Ja, natürlich. Sie sehen doch warum, oder? Er steht dicht an der Schattenlinie, der Grenze zwischen Tag- und Nachtseite, gemeinhin Terminator genannt.«

»Das weiß ich auch.« Bigman wirkte ungehalten. »Glauben Sie, ich sei dumm?«

»Nein, ich will es Ihnen nur auseinandersetzen. Beim Sonnenumlauf des Merkur wandert die Schattenlinie an den beiden Polen kaum. Anders am Äquator. Da bewegt sie sich 44 Tage lang insgesamt 1.100 Kilometer in einer Richtung, und in den nächsten 44 Tagen wieder 1.100 Kilometer zurück. Hier beträgt die Bewegung kaum 800 Meter in 44 Tagen. Deshalb wurde ja an dieser Stelle auch das Observatorium errichtet. Sonne und Sterne scheinen am Himmel stillzustehen. Jedenfalls steht der Schwarz-und-Weiß-Berg so, daß höchsten einmal in 88 Tagen die obere Hälfte im Sonnenlicht liegt. Danach zieht sich die Sonne langsam nach oben zurück.«

»Und jetzt«, warf Lucky ein, »liegt nur noch der Gipfel im Licht.«

»Nicht mehr als die höchsten 50 bis 60 Zentimeter, und auch das wird bald vorbei sein. Erst nach einem oder zwei Erdentagen kehrt das Licht langsam zurück.«

Noch während er sprach, schrumpfte der grellweiße Fleck zu einem Punkt zusammen, der wie ein heller Stern glänzte.

Die drei Männer warteten.

»Schauen Sie mal woandershin«, riet Mindes, »damit Ihre Augen sich wieder an die Dunkelheit gewöhnen.«

Langsam schlichen die Minuten dahin. Schließlich forderte er sie auf: »Es ist soweit – sehen Sie sich jetzt den Berg an!«

Lucky und Bigman gehorchten und sahen eine ganze Weile gar nichts.

Und dann war es, als ergösse sich Blut über die Landschaft. Zuerst war es nur eine Andeutung von schwachem Rot. Dann erkannte man den zerklüfteten Berg. Der Gipfel erschien dem Auge hellrot. Je tiefer der Blick wanderte, umso dunkler wurde das Rot, bis es langsam in Schwärze überging.

»Was ist das?« erkundigte sich Bigman.

»Die Sonne ist untergegangen, auch auf dem Berggipfel«, antwortete Mindes. »Über dem Horizont sind nur noch die Korona und die Protuberanzen verblieben. Unter Protuberanzen versteht man ungeheure Fontänen glühender, hellroter Wasserstoffgase, die aus der Sonne viele tausend Kilometer weit in den Weltraum schießen.«

Wieder nickte Lucky. Auch die Protuberanzen konnte man von der Erde aus wegen der dichten Atmosphäre nur bei totaler Sonnenfinsternis oder mit sinnreich konstruierten Apparaten beobachten.

»Sie nennen es den roten Geist der Sonne«, fügte Mindes mit leiser Stimme hinzu.

»Das ergibt zwei Geister«, stellte Lucky fest, »einen weißen und einen roten. Laufen Sie deshalb mit einem Blaster bewaffnet umher, Mr. Mindes?«

»Was?« rief Mindes wild. »Wovon sprechen Sie überhaupt?«

»Es wird Zeit, uns den wahren Grund zu nennen, warum Sie uns hierhergeführt haben«, sagte Lucky. »Bestimmt nicht allein wegen der Sehenswürdigkeiten, wie Sie es nannten. Sonst würden Sie sich auf einem unbewohnten und öden Planeten nicht beim Spaziergang mit einem Blaster bewaffnen.«

Diesmal dauerte es lange, ehe Mindes antwortete. Schließlich sagte er: »Sie sind David Starr, nicht wahr?«

»Das stimmt.« Lucky war die Ruhe selbst.

»Dann sind Sie ein Mitglied des Wissenschaftsrates. Der Mann, den sie Lucky Starr nennen.«

Mitglieder des Wissenschaftsrates scheuten jede Art von Publicity, und deshalb brauchte Lucky einige Überwindung, ehe er zugab: »Auch das stimmt.«

»Dann irre ich mich nicht. Sie sind einer der Spitzenagenten des Rates. Und Sie haben den Auftrag, Nachforschungen über das Projekt Licht anzustellen.«

Lucky preßte die Lippen aufeinander. Es paßte ihm nicht, daß sein Auftrag allgemein bekannt wurde. »Vielleicht – vielleicht auch nicht«, antwortete er ausweichend. »Warum haben Sie mich hierhergeführt?«

»Ich weiß, daß ich recht habe.« Mindes keuchte vor Erregung. »Und ich brachte Sie hierher, um Ihnen die Wahrheit zu sagen, bevor Ihnen die anderen alle möglichen Lügen erzählen werden.«

»Worüber?«

»Über die Mißerfolge, die das Projekt Licht heimsuchen – wie ich dieses Wort hasse!«

»Aber Sie hätten mir alles, was Sie auf dem Herzen haben, auch in der Kuppel sagen können. Warum sind wir hier?«

»Aus zwei Gründen«, sagte der Ingenieur. Er atmete schnell und erregt. »Erstens geben mir alle die Schuld an den Fehlschlägen. Sie meinen, ich würde mit dem Projekt nicht fertigwerden, ich vergeudete nur Steuergelder. Deshalb wollte ich Sie allein sprechen. Verstehen Sie? Ich wollte unter allen Umständen verhindern, daß Sie sich zuerst mit den anderen unterhalten.«

»Warum hält man Sie für ungeeignet?«

»Sie denken, ich sei zu jung.«

»Wie alt sind Sie denn?«

»22.«

Lucky Starr, der nicht viel älter war, fuhr fort: »Und Ihr zweiter Grund?«

»Sie sollten ein Gefühl für den Merkur bekommen. Ich wollte, daß Sie es spüren ... in sich aufnehmen ... das ...« Er verstummte.

In seinem Raumanzug stand Lucky groß und aufrecht auf dem lebensfeindlichen Boden des Merkur, und das Metall auf seiner Schulter spiegelte das milchige Licht der Korona, »dem weißen Geist der Sonne.«

Er sagte: »Nun gut, Mindes. Angenommen, ich akzeptiere Ihre Behauptung, Sie seien unschuldig am Fehlschlag des Projekts Licht. Wer ist dann der Schuldige?«

Der Ingenieur murmelte Unverständliches. Erst langsam gelang es ihm, Worte zu formen. »Ich weiß es nicht ... Zumindest ...«

»Ich verstehe Sie nicht«, unterbrach Lucky.

»Sehen Sie«, brach es im Ton höchster Verzweiflung aus Mindes hervor. »Ich habe selber Nachforschungen angestellt. Während der Wach- und der Schlafperioden versuchte ich, den Schuldigen herauszufinden. Ich habe genau den Zeitpunkt jedes Unfalls notiert, zum Beispiel wenn Kabel rissen oder Umformungsschirme zerbrachen. Und das einzige, was ich mit Sicherheit herausfand, war ...«

»War was?«

»Kein Besatzungsmitglied der Kuppel kann unmittelbar dafür verantwortlich sein. Kein einziger. Es leben dort genau 52 Personen und bei den letzten sechs Unfällen hatte jeder einzelne ein wasserdichtes Alibi. Kein einziger hielt sich zu dieser Zeit in der Nähe der Unfallorte auf.« Seine Stimme klang schrill.

»Wie erklären Sie sich dann die Unfälle?« fragte Lucky. »Merkurbeben? Sonneneinwirkung?«

»Geister!« schrie der Ingenieur und schwang wild die Arme. »Es gibt einen weißen Geist und einen roten Geist. Sie haben beide gesehen. Es gibt aber auch zweibeinige Geister. Ich habe sie mit eigenen Augen gesehen, aber wer wird mir das jemals glauben?« Er war kaum noch zu verstehen. »Ich sage Ihnen .... ich sage Ihnen ...«

»Geister!« unterbrach Bigman verächtlich. »Sind Sie verrückt?«

Auf einmal brüllte Mindes wie rasend: »Und Sie glauben mir auch nicht! Aber ich werde es beweisen! Ich werde den Geist wegblastern! Und mit ihm die Idioten, die mir nicht glauben wollen. Ich zerblastere sie alle! Alle!«

Er lachte kreischend. Dann zog er blitzschnell seine

Waffe aus der Halfter. Bevor Bigman eingreifen konnte, hatte er auf Lucky angelegt und drückte auf den Abzug. Die unsichtbaren Strahlen schossen aus der Mündung …

II

VERRÜCKT ODER NICHT?

Auf der Erde hätte Lucky keine Chance gehabt, dem Tod zu entgehen.

Zwar hatte er bemerkt, wie sich Mindes' Stimme zu hysterischem Kreischen steigerte. Und er war durchaus darauf gefaßt, daß den wilden Verwünschungen des Ingenieurs eine heftige Handlung folgen würde. Aber an einen Angriff mit dem Blaster hatte er nicht gedacht.

Als Mindes zur Halfter griff, warf sich Lucky zur Seite. Auf der Erde hätte ihm das wenig genutzt. Es wäre zu spät gewesen.

Auf dem Merkur lagen die Dinge jedoch anders. Die Anziehungskraft des Merkur beträgt nur zwei Fünftel der Erdschwerkraft. Daher warf Luckys blitzschneller Hechtsprung seinen auch im Raumanzug extrem leichten Körper – nur zwei Fünftel seines Erdgewichts – ihn unerwartet weit zur Seite. Mindes versuchte, die Waffe entsprechend herumzuschwenken. Aber da er an die niedrige Schwerkraft nicht gewöhnt war, stolperte er.

Der Energiestrahl des Blasters verfehlte Lucky daher um eine Handbreit, traf nackten Fels und bohrte ein 30 Zentimeter tiefes Loch in das weltraumkalte Gestein.

Mindes gewann festen Stand und wollte erneut auf Lucky zielen. Aber da flog Bigman heran. Sein langer, flacher Hechtsprung hatte jene natürliche Anmut eines Marsbewohners, der von Kindesbeinen an geringe Schwerkraft gewöhnt ist.

Mindes wurde zu Boden gerissen. Er schrie auf und verstummte dann. War er beim Aufprall bewußtlos geworden? Oder war seine übermächtige Erregung in Apathie umgeschlagen?

Bigman glaubte an keine der beiden Möglichkeiten. »Er verstellt sich nur«, rief er aufgeregt. »Der Dreckskerl stellt sich tot.« Er hatte der schlaffen Hand des gestürzten Ingenieurs den Blaster entwunden, und jetzt richtete er die Mündung auf den Kopf des Mannes.

»Laß das sein, Bigman!« befahl Lucky scharf.

Bigman zögerte. »Er wollte dich töten, Lucky.« Bestimmt wäre der kleine Marsbewohner nicht halb so zornig gewesen, wenn der todbringende Angriff ihm selber gegolten hätte. Doch schließlich ließ er widerwillig die Waffe sinken und trat zurück.

Lucky kniete neben Mindes nieder und musterte dessen bleiche, verzerrte Züge durch die Sichtscheibe im Licht seiner Helmlampe. Dann prüfte er das Druckventil an Mindes Anzug, um sich zu vergewissern, daß sich durch den Sturz keine Schraube gelockert hatte. Schließlich packte er ihn am Handgelenk und am Fußknöchel, warf ihn sich über die Schulter und stand auf.

»Zurück zur Kuppel!« sagte er. »Ich fürchte, unser Problem ist etwas komplizierter, als der Chef annimmt.«

Bigman gab einen zustimmenden Laut von sich und folgte Lucky auf dem Fuße. Dessen langer Schritt zwang ihn, den Kleineren, zu einer Art Trab. Den Blaster hielt er so, daß er im Notfall Mindes töten konnte, ohne Lucky zu verletzen.

*

Der »Chef« war niemand anders als Hector Conway, Vorsitzender des Wissenschaftsrates. Privat nannte Lucky ihn Onkel Hector. Denn als Luckys Eltern bei einem Piratenangriff nahe der Venusbahn getötet wurden, hatte sich Hector Conway zusammen mit Augustus Henree des verwaisten Jungen angenommen.

Als biete er ihm einen netten Urlaub an, hatte Conway vor einer Woche Lucky lässig gefragt: »Hättest du Lust, den Merkur zu besuchen, Lucky?«

»Was ist da los, Onkel Hector?« fragte Lucky.

»Nichts besonderes«, antwortete Conway stirnrunzelnd, »außer der üblichen schäbigen Politik. Wir finanzieren da ein ziemlich kostspieliges Projekt, reine Grundlagenforschung, die vielleicht nie zu praktischen Anwendungsmöglichkeiten führt, weißt du, unter Umständen aber auch revolutionäre Fortschritte erbringen kann. Ein Glücksspiel – wie alle diese Projekte.«

»Kenne ich das Projekt?«

»Ich glaube kaum. Es ist noch ganz neu. Jedenfalls hat Senator Swenson es als Musterbeispiel dafür gebrandmarkt, wie das Geld des Steuerzahlers verschleudert wird. Du kennst ja diese Redensarten. Er drängte auf eine Untersuchung, und einer seiner Leute reiste auch prompt vor einigen Monaten zum Merkur.«

»Senator Swenson? Ich verstehe.« Lucky nickte.

Das war kein neues Lied. Im Laufe der letzten Jahrzehnte hatte der Wissenschaftsrat mehr und mehr die Führung des Kampfes gegen alle Gefahren übernommen, die der Erde von innerhalb und außerhalb des Sonnensystems drohten. Im Zeitalter der galaxisweiten Zivilisation, in dem die Menschheit sich über die Planeten aller Sonnen der Milchstraße ausgebreitet hatte, waren nur noch die Wissenschaftler in der Lage, die anstehenden Probleme wirksam zu lösen. Tatsächlich war es sogar so, daß nur die besonders ausgebildeten Gelehrten des Rates über die entsprechenden Fähigkeiten verfügten.

Doch gab es genügend Mitglieder der Erdregierung, die die wachsende Macht des Wissenschaftsrates fürchteten. Andere bedienten sich dieser Furcht, um ihre Karriere zu fördern. Unter dieser Gruppe stach Senator Swenson hervor. Er richtete seine Angriffe gewöhnlich gegen die »leichtfertige Vergeudung« von Geldmitteln für Forschung, was ihm nicht wenig Ruhm eingebracht hatte.

»Wer leitet das Projekt auf dem Merkur?« fragte Lucky. »Jemand, den ich kenne?«

»Es trägt, nebenbei bemerkt, den Namen Projekt Licht.

Und der Leiter ist ein Ingenieur namens Scott Mindes. Ein heller Kopf, aber doch der falsche Mann für diesen Posten. Und was das Schlimmste ist: seitdem Swenson die Sache aufs Tapet brachte, geht bei Projekt Licht alles mögliche schief.«

»Wenn du willst, übernehme ich den Fall, Onkel Hector.«

»Gut. Meiner Ansicht nach sind diese Unfälle und Fehlschläge im Grunde bedeutungslos. Aber wir müssen vermeiden, daß Senator Swenson uns damit in Mißkredit bringt. Du muß herausfinden, was er im Schilde führt. Und sieh dich vor seinem Abgesandten vor! Er heißt Urtel, und ihm geht der Ruf eines fähigen und gefährlichen Burschen voraus.«

So hatte es also angefangen. Nur ein paar Nachforschungen, um politische Schwierigkeiten zu vermeiden. Weiter nichts.

So war Lucky ziemlich sorglos am Nordpol des Merkur gelandet. Doch schon zwei Stunden später fand er sich auf der falschen Seite einer Blastermündung.

Während er sich mit dem bewußtlosen Mindes auf dem Rücken abschleppte, dachte Lucky: Es geht um mehr, als um bloße politische Streitigkeiten.

*

Dr. Karl Gardoma kam aus dem kleinen Krankenzimmer und trat Lucky und Bigman mit ernstem Gesicht entgegen. Er wischte seine kräftigen Hände mit einem flaumigen Kunststoff ab, den er danach in den Abfallbehälter warf. Sein dunkles, fast braunhäutiges Gesicht mit den starken Augenbrauen drückte tiefe Besorgnis aus. Sogar das kurzgeschnittene schwarze Haar, das wie eine Bürste steif nach oben stand, schien zu dem Ausdruck großer Sorge beizutragen.

»Nun, Doktor?« sagte Lucky.

»Er schläft«, sagte Dr. Gardome. »Ich habe ihm Beruhigungsmittel gegeben. Beim Aufwachen wird er wieder in Ordnung sein. Ich weiß allerdings nicht, ob er sich noch klar an das Vorgefallene erinnern wird.«

»Hat er früher schon ähnliche Anfälle gehabt?«

»Auf dem Merkur nicht, Mr. Starr. Ich kenne seine Vorgeschichte nicht. Aber Tatsache ist, daß er in den Monaten hier unter großem Streß stand.«

»Warum?«

»Er fühlt sich für die Unfälle verantwortlich, die den Fortschritt des Projekts Licht in Frage stellten.«

»*Ist* er dafür verantwortlich?«

»Nein, natürlich nicht. Aber versetzen Sie sich in seine Lage! Er muß natürlich annehmen, daß jeder ihm den Schwarzen Peter zuspielt. Projekt Licht ist von höchster Bedeutung. Es hat bereits riesige Geldsummen und eine Menge Arbeitskraft verschlungen. Mindes hat zehn Ingenieure unter sich, die alle fünf bis zehn Jahre älter sind als er, und hat die Verantwortung für eine riesige Ausrüstung.«

»Wie kommt es, daß er bei seiner Jugend zum Leiter gemacht wurde?«

Der Arzt lächelte. Es war ein grimmiges Lächeln, und doch verlieh es ihm ein sympathisches, fast charmantes Aussehen, wozu die ebenmäßigen weißen Zahnreihen viel beitrugen.

»Subäther-Optik, Mr. Starr«, sagte er, »ist ein völlig neuer Wissenschaftszweig. Nur junge Leute, die frisch von der Schule kommen, wissen darüber gut Bescheid.«

»Das hört sich so an, als wüßten Sie auch einiges darüber.«

»Nur, was Mindes mir davon erzählte. Wir reisten im selben Schiff zum Merkur, wissen Sie, und der Mann faszinierte mich. Er übertrug seine Begeisterung für dieses Projekt auf mich. Wissen Sie, worum es geht?«

»Ich weiß nichts.«

»Nun, es hat mit dem Hyperraum zu tun, der jenseits der Grenzen des uns bekannten Weltraums liegt. Dort gelten unsere Naturgesetze nicht mehr. Ein Beispiel: Im Weltraum kann es keine schnellere Fortbewegung geben als die Lichtgeschwindigkeit, so daß eine Reise zur nächsten benachbarten Sonne mindestens vier Jahre dauern würde. Im Hyperraum ist dagegen jede Geschwindigkeit möglich ...« Der Arzt hielt inne und lächelte schuldbewußt. »Das ist Ihnen natürlich alles bekannt.«

»Wahrscheinlich ist es den meisten Menschen bekannt, daß erst die Entdeckung des Hyperraums den Flug zu den Sternen ermöglicht hat«, sagte Lucky trokken. »Aber was hat das mit dem Projekt Licht zu tun?«

»Nun«, sagte Dr. Gardoma, »im normalen Weltraum breitet sich das Licht gradlinig nach allen Seiten aus. Es kann allenfalls durch gewaltige Schwerkraftfelder abgelenkt werden. Dagegen läßt es sich im Hyperraum so leicht biegen wie ein Wollfaden. Man kann es auf einen Brennpunkt lenken, streuen und sogar wieder zurücksenden. So lautet jedenfalls die Hyperoptik-Theorie.«

»Und Scott Mindes soll diese Theorie hier überprüfen, nehme ich an.«

»Ganz recht.«

»Warum hier?« wollte Lucky wissen. »Ich meine, warum gerade auf dem Merkur?«

»Weil kein anderer Planet in unserem Sonnensystem so konzentriertes Sonnenlicht empfängt. Es wäre hundertmal so teuer, das Projekt auf der Erde durchzuführen – ganz davon abgesehen, daß man sich auf die dann erzielten Ergebnisse hundertmal weniger verlassen könnte. Das hat mir jedenfalls Mindes gesagt.«

»Nur daß es jetzt so viele Pannen gab.«

Dr. Gardoma schnaubte. »Das sind keine Pannen! Mr. Starr, man muß unbedingt etwas dagegen unternehmen. Wissen Sie, was ein Erfolg des Projekts Licht bedeuten würde?« Ein visionärer Glanz stand in seinen Augen. »Die Erde wäre nicht länger der Sklave der Sonne. Raumstationen würden das Sonnenlicht auffangen, es durch den Hyperraum leiten und gleichmäßig über die Erde verteilen. Wüstenhitze und Polarkälte verschwinden. Wir kontrollieren die Jahreszeiten nach unserem Belieben. Wir schaffen das Wetter, das wir haben wollen, indem wir das Sonnenlicht entsprechend leiten. Wenn wir wollen, können wir uns ewigen Sonnenschein leisten oder Nächte von jeder gewünschten Dauer. Die Erde wäre ein Paradies mit Klimaanlage.«

»Bis dahin dürfte einige Zeit vergehen, schätze ich.«

»Sicher, aber wir stehen ja erst am Anfang ... Hören Sie, vielleicht bin ich auf einem ganz falschen Dampfer, aber sind Sie nicht der David Starr, der den Fall der Lebensmittelvergiftungen auf dem Mars löste?«

Lucky zog die Augenbrauen zusammen. Mit schneidender Stimme sagte er: »Wie kommen Sie darauf?«

»Ich bin schließlich Arzt«, erwiderte Dr. Gardoma. »Deshalb interessierte mich dieser Fall außerordentlich. Zuerst glaubte man ja an eine Krankheitsepidemie. Dann tauchten Gerüchte auf. Ein junger Ratsangehöriger habe die Hauptrolle bei der Lösung des Rätsels gespielt, und man hörte auch Namen.«

»Lassen wir es dabei«, sagte Lucky schroff. Wie immer wollte er lieber anonym arbeiten. Es war nur hinderlich, wenn man ihn kannte. Zuerst Mindes, jetzt Gardoma!

»Aber wenn Sie dieser Starr sind«, beharrte Dr. Gardoma, »dann wurden Sie hoffentlich mit dem Auftrag hergeschickt, diesen sogenannten Pannen Einhalt zu gebieten.«

Lucky überhörte das einfach. Ohne auf ihn einzugehen, fragte er: »Wann kann ich Scott Mindes sprechen, Dr. Gardoma?«

»Frühestens in zwölf Stunden.«

»Und wird er dann bei klarem Verstand sein?«

»Davon bin ich überzeugt.«

Eine neue, kehlige Stimme mischte sich ein: »Wirklich, Gardoma? Und liegt das vielleicht daran, daß, wie Sie genau wissen, Ihr Schützling Mindes nie unzurechnungsfähig gewesen ist?«

Beim Klang dieser Stimme fuhr Dr. Gardoma herum. Er machte keinen Versuch, seine Abneigung gegen den Sprecher zu verbergen. »Was suchen Sie hier, Urtel?«

»Ich halte Augen und Ohren offen«, sagte der Neuankömmling. »Ihnen wäre es natürlich lieber, ich schliefe.«

Lucky und Bigman musterten Urtel voller Neugier. Er war ein kräftiger Mann. Nicht sonderlich hochgewachsen, aber mit breiten Schultern und starker Muskulatur. Ein blauschwarzer Bartschatten bedeckte seine Wangen. Sein selbstbewußtes Auftreten wirkte unangenehm arrogant.

»Es ist mir ganz egal, ob Sie wachen oder schlafen, aber bitte nicht in meinem Büro!« sagte Dr. Gardoma entschieden.

»Und warum nicht in Ihrem Büro?« empörte sich Urtel. »Sie sind als Arzt verpflichtet, Ihre Patienten zu empfangen. Vielleicht bin ich einer.«

»Was haben Sie für Beschwerden?«

»Wie steht's denn mit diesen beiden Herren? Was haben sie für Beschwerden? Na, ich sehe schon, der eine leidet an Hormonmangel.« Und dabei warf er Bigman Jones einen verächtlichen Blick zu.

In einem atemlosen Augenblick wurde Bigman leichenblaß. Dann schien er zu wachsen. Langsam erhob er sich, die Augen weitaufgerissen und starr. Seine Lippen bewegten sich, als wollten sie das Wort »Hormonmangel« bilden, als müsse er sich noch davon überzeugen, daß er dieses Wort wirklich gehört habe.

Dann schoß Bigmans ein Meter fünfundfünfzig kleiner, aber muskulöser Körper mit der Schnelligkeit einer zustoßenden Kobra auf den breiten, hämisch grinsenden Mann zu.

Doch Lucky war noch schneller. Mit beiden Händen packte er Bigman an den Schultern. »Ruhig, Bigman!«

Der kleine Marsmensch versuchte, sich zu befreien. »Du hast ihn doch gehört, Lucky, du hast ihn gehörst!«

»Nicht jetzt, Bigman.«

Urtels Lachen klang rauh, wie das Gekläff eines Hundes. »Lassen Sie ihn los, Menschenskind! Mit einem Finger klatsche ich den kleinen Burschen an die Wand!«

Bigman heulte auf und wand sich in Luckys hartem Griff.

»Ich würde an Ihrer Stelle jetzt den Mund halten, Urtel«, sagte Lucky mit Nachdruck, »oder es passiert Ihnen etwas Schreckliches. Und dann kann Ihnen auch Ihr Freund, der Senator, nicht mehr helfen.«

Seine Stimme hatte einen stählernen Klang, und seine braunen Augen wurden zu Gletschereis.

Einen Herzschlag lang funkelte Urtel Lucky trotzig an. Dann wandte er den Blick ab. Er murmelte dabei etwas, das so klang wie: »Man wird doch wohl noch mal einen Spaß machen dürfen!« Bigman atmete ruhiger. Als Lucky ihn losließ, nahm der Marsmensch wieder Platz, aber er bebte noch vor schier unbändigem Zorn.

Dr. Gardoma hatte den Zwischenfall gespannt beobachtet. Jetzt sagte er: »Sie kennen Urtel, Mr. Starr?«

»Vom Hörensagen. Jonathan Urtel, Senator Swensons Sonderagent!«

»Nun, so könnte man ihn bezeichnen«, sagte der Arzt.

»Ich kenne Sie auch!« trumpfte Urtel auf. »David Starr. Oder Lucky Starr, wie Sie sich gern nennen. Sie sind der Weltraumagent des Wissenschaftsrats – ein wahrer Wunderknabe. Gift auf dem Mars. Piraten auf den Asteroiden, Telepathie auf der Venus. Ist die Liste Ihrer Fälle vollständig?«

»Sie ist es«, bestätigte Lucky tonlos.

Urtel grinste triumphierend. »Im Büro des Senators weiß man über den Wissenschaftsrat sehr gut Bescheid. Und ebensogut bin ich über die Vorgänge auf Merkur informiert. Zum Beispiel weiß ich, daß Sie einem Mordversuch knapp entgangen sind. Deswegen wollte ich Sie übrigens sprechen.«

»Ach, wirklich?«

»Um Sie zu warnen, in aller Freundschaft zu warnen.

Vermutlich hat der Arzt Ihnen die Ohren vollgesäuselt, was für ein feiner Kerl dieser Mindes ist. Der Anschlag auf Sie? Im Zustand völliger Unzurechnungsfähigkeit, die durch unerträglichen Streß verursacht wurde! So hat er es Ihnen doch dargestellt, oder? Sie sind dick befreundet, Mindes und er.«

»Ich habe nur gesagt ...«, begann Dr. Gardoma.

»Jetzt rede ich«, unterbrach ihn Urtel. »Hören Sie genau zu, Starr! Scott Mindes ist ungefähr so harmlos wie ein zwei Tonnen schwerer Asteroid, der auf ein Raumschiff rast. Als Mindes mit dem Blaster auf Sie schoß, war er keineswegs vorübergehend unzurechnungsfähig. Er wußte genau, was er tat. Er wollte Sie kaltblütig töten, Starr, und wenn Sie sich nicht sehr vorsehen, wird es ihm beim zweitenmal auch gelingen. Und ich wette meinen Weltraumanzug gegen die Hüftstiefel Ihres kleinen Freundes vom Mars, daß er es wieder versuchen wird!«

III

IN EINEM ZIMMER WARTET DER TOD

Das nun folgende Schweigen bedrückte alle außer Urtel, der vergnügt in die Runde schaute.

Schließlich fragte ihn Lucky: »Aber welchen Grund sollte Mindes haben?«

»Weil er Angst hat«, antwortete Urtel gelassen. »Er ist hier Leiter eines Projekts, in das der Wissenschaftsrat leichtsinnigerweise viele Millionen investiert hat. Und er bringt nichts zustande. Seine Experimente klappen nicht. Er nennt es Pech. In Wirklichkeit ist es seine Unfähigkeit. Eines Tages wird er zur Erde zurückkehren und darüber jammern, daß der Merkur ein Unglücksplanet ist. Und dann luchst er dem Rat neue Investitionen für ein anderes sinnloses Projekt ab – oder vielmehr, er stiehlt sie dem Steuerzahler aus der Tasche. Jetzt kamen Sie zum

Merkur, um die Angelegenheit zu untersuchen, und da bekommt er es natürlich mit der Angst zu tun, daß der Rat gegen seinen Willen ein Zipfelchen der Wahrheit erfährt ... Das ist der Grund.«

»Wenn man Ihnen Glauben schenken darf«, sagte Lukky langsam, »so sind Sie ihm gründlich auf die Schliche gekommen.«

»Ja, und bald werde ich auch die Beweise in Händen haben.«

»Aber dann sind Sie es doch, vor dem Mindes Angst haben müßte! Dann müßte er nicht mich, sondern Sie töten.«

Ein genüßliches Grinsen erschien auf Urtels Lippen, und seine fleischigen Wangen ließen sein Gesicht breiter als lang erscheinen. Dann sagte er mit Betonung: »Er hat es bereits versucht. Das ist die reine Wahrheit. Aber ich habe im Dienste des Senators schon manchen Sturm erlebt. Ich kann auf mich aufpassen.«

»Scott Mindes hat noch nie bewußt versucht, Sie oder irgend jemand anders zu töten«, widersprach Dr. Gardoma. Sein Gesicht war weiß wie die Wand. »Und das wissen Sie ganz genau!«

Urtel würdigte ihn keiner Antwort. Statt dessen wandte er sich an Lucky. »Und behalten Sie auch den guten Doktor im Auge! Er ist, wie gesagt, mit Mindes dick befreundet. An Ihrer Stelle würde ich mich von ihm nicht einmal gegen Kopfschmerzen behandeln lassen. Mit Pillen und Spritzen kann man leicht ...« Er beendete den Satz nicht, sondern schnipste vielsagend mit den Fingern.

Mit unterdrückter Erregung sagte Dr. Gardoma: »Eines Tages wird Sie jemand umbringen ...«

»Ja?« meinte Urtel gleichmütig. »Vielleicht denken Sie daran, es selbst zu versuchen?« Schon halb im Gehen wandte er sich an Lucky: »Oh, ehe ich's vergesse, der alte Peverale möchte Sie gern sprechen. Er bedauert es außerordentlich, daß er Sie nicht offiziell willkommen heißen konnte. Er ist wirklich ganz aus dem Häuschen. Also gehen Sie zu ihm, und streicheln Sie ihm beruhigend über sein greises Haupt ... Und noch einen Rat von mir, Starr. Legen Sie von jetzt an keinen Schutzanzug an, bevor Sie ihn nicht genau auf etwaige Risse untersucht haben! Sie verstehen, was ich meine?« Und damit ging er endlich.

Es dauerte eine ganze Weile, bis Gardoma sich soweit gefaßt hatte, daß er wieder normal sprechen konnte. »Er bringt mich jedesmal von neuem auf die Palme, dieser gemeine Lügner ...«

»Er ist ein mächtig schlauer Bursche«, bemerkte Lucky trocken. »Ganz offenbar gehört es zu seiner Angriffstaktik, seinem Gegner Dinge ins Gesicht zu sagen, die den mit Sicherheit in Rage bringen. Ein wütender Gegner aber ist nur noch halb so stark ... Und, Bigman, das gilt auch für dich. Du kannst nicht auf jeden mit den Fäusten losgehen, nur weil er andeutet, daß du keine ein Meter achtzig groß bist!«

»Lucky«, beklagte sich der kleine Marsmensch, »er sagte, ich litte an Hormonmangel.«

»Auch in solchem Fall mußt du dich beherrschen und einen günstigen Augenblick abwarten, um ihn nachhaltig vom Gegenteil zu überzeugen.«

Bigman ließ ein aufsässiges Gemurmel hören und schlug mit der Faust gegen seine silber- und purpurglänzenden Hüftstiefel. Nur ein Farmboy vom Mars trug diese farbenprächtigen, verzierten Hüftstiefel, aber der würde auch nie auf sie verzichten. Bigman besaß ein Dutzend Paare, eins auffallender als das andere.

»Gut«, sagte Lucky, »dann werden wir jetzt Dr. Peverale unsere Aufwartung machen. Er ist Leiter des Observatoriums, nicht wahr?«

»Leiter der gesamten Kuppel«, berichtigte der Arzt. »Doch leider ist er schon ein bißchen senil und hat die Dinge nicht mehr im Griff. Was Urtel betrifft, so haßt Peverale ihn mindestens ebenso sehr wie wir, aber er kann ja nichts gegen ihn ausrichten. Gegen den Senator kommt er nicht an.« Trübsinnig fügte er hinzu: »Ob der Wissenschaftsrat dem Senator gewachsen ist?«

»Ich glaube schon«, antwortete Lucky. »Denken Sie bitte daran: ich will Mindes sprechen, sobald er aufwacht.«

»Abgemacht. Und passen Sie gut auf sich auf!«

Lucky blickte ihn überrascht an. »Ich soll gut auf mich aufpassen? Was meinen Sie damit?«

Dr. Gardoma errötete. »Nur eine Redensart. Eine Angewohnheit von mir. Es bedeutet nichts Besonderes.«

»Ach so. Nun, bis später! Komm mit, Bigman, und mach endlich ein freundliches Gesicht!«

*

Dr. Lance Peverale schüttelte beiden Männern mit einer für sein Alter erstaunlichen Kraft die Hand. Seine Augen, die sich dunkel von den dichten weißen Augenbrauen abhoben, verrieten, daß er Sorgen hatte. Das dichte Haar zeigte noch kein Weiß, sondern ein mit der natürlichen Farbe gemischtes Eisengrau. Nur die tiefen Falten und die lederartige Haut der Wangen unter den hervorstehenden Wangenknochen gaben sein wahres Alter preis.

Er sprach langsam und freundlich. »Ich bin untröstlich, meine Herren, daß Sie schon kurz nach Ihrer Ankunft ein so unangenehmes Abenteuer erlebt haben. Und ich bin schuld daran!«

»In keiner Weise, Mr. Peverale«, widersprach Lucky.

»Doch, doch, ich bin schuld. Hätte ich Sie, wie es meine Pflicht war, offiziell begrüßt ... aber wir beobachteten gerade einen ungewöhnlichen Protuberanzenausbruch, und so ließ ich mich durch wissenschaftlichen Eifer dazu hinreißen, die Pflichten des Gastgebers zu vernachlässigen.«

»Auf jeden Fall sei Ihnen verziehen«, sagte Lucky. Dabei warf er einen leicht amüsierten Seitenblick auf Bigman, der mit offenem Munde dem feierlichen Wortfluß des alten Herrn lauschte.

»Mein Verhalten ist unverzeihlich«, beharrte der Astronom, »aber es beruhigt mich, daß Sie es so milde beurteilen. Ich habe angeordnet, daß Ihr Quartier vorbereitet wird!« Er hakte sich bei beiden ein und führte sie durch die gut beleuchteten, aber schmalen Flure der Kuppel. »Wir sind ein wenig beengt, besonders seitdem Mindes mit seinen Technikern hier ist – und einige andere Leute. Aber Sie werden sich wenigstens frischmachen und vielleicht schlafen können. Sicherlich haben Sie auch Hunger. Man wird Ihnen eine Mahlzeit servieren. Morgen mache ich Sie dann mit den anderen Herren bekannt, und Sie werden die Güte haben, uns den Grund Ihres Besuchs zu erläutern. Mir persönlich genügt allerdings die Tatsache, daß der Wissenschaftsrat Sie entsandt hat. Wir werden zu Ihren Ehren ein kleines Bankett veranstalten.«

Der Fußboden begann sich zu senken. Die Wohnräume lagen bereits unter der Oberfläche des Merkurs.

»Das ist sehr freundlich von Ihnen«, sagte Lucky. »Vielleicht werde ich auch Gelegenheit bekommen, das Observatorium zu besichtigen.«

Das schien Peverale zu freuen. »In dieser Hinsicht verfügen Sie nur über mich. Sie werden die Zeit nicht bereuen, die Sie für diese Besichtigung erübrigen. Unsere größten Beobachtungsgeräte befinden sich auf einer beweglichen Plattform, die mit dem Fortschreiten des Terminators synchron geschaltet ist. Auf diese Weise behalten wir, unabhängig von der Umdrehung des Merkurs, einen bestimmten Teilabschnitt der Sonne ständig im Blickfeld.«

»Wunderbar! Aber nun eine Frage, Dr. Peverale. Was halten Sie von Dr. Mindes? Ich bitte Sie um eine offene, ehrliche Antwort ohne diplomatische Ausflüchte.«

Peverale zog die Brauen zusammen. »Sind Sie auch Subtemporalingenieur?«

»Nicht direkt«, wich Lucky aus, »aber ich habe Sie nach Ihrer Meinung über Dr. Mindes gefragt.«

»Das ist wahr. Nun« – der Astronom wirkte jetzt bekümmert – »er ist ein angenehmer junger Mann, sehr tüchtig, meine ich, aber nervös, sehr nervös. Er nimmt schnell übel, ist leicht zu verletzen. Das trat deutlich zutage, als sein Projekt nicht den erwartet glatten Verlauf nahm, und darum ist es ein wenig schwierig, mit ihm auszukommen. Ich bedaure das, denn im Grunde ist er wirklich ein angenehmer Mensch. Solange er hier in der Kuppel ist, bin ich natürlich sein Vorgesetzter, aber ich mische mich nicht in seine Obliegenheiten ein. Sein Projekt steht in keiner Verbindung mit unserer Observatoriumsarbeit.«

»Und Ihre Ansicht über Jonathan Urtel?«

Der alte Astronom blieb einen Augenblick stehen. »Was ist mit ihm?«

»Nun, was halten Sie von ihm?«

»Über diesen Mann möchte ich lieber nicht sprechen«, sagte Peverale zugeknöpft.

Eine Zeitlang setzten sie ihren Weg schweigend fort. Das Gesicht des Astronomen hatte sich verfinstert.

»Halten sich sonst noch irgendwelche Fremde in der Kuppel auf?« fragte Lucky. »Wir haben Sie und Ihre Mitarbeiter, Mindes und seine Helfer und Urtel. Noch jemand anders?«

»Der Arzt natürlich. Dr. Gardoma.«

»Sie zählen ihn nicht zu Ihren Mitarbeitern?«

»Nein, denn er ist Mediziner und nicht Astronom. Er verrichtet Dienste für uns, die kein noch so teurer Apparat leisten kann. Er kümmert sich um unsere Gesundheit. Er ist übrigens neu hier.«

»Wie neu?«

»Er löste den alten Arzt ab, nachdem der sein Dienstjahr hinter sich gebracht hatte. Dr. Gardoma kam mit demselben Schiff wie Mindes und sein Team.«

»Einjährige Dienstzeit? Ist das hier bei dem Arzt so üblich?«

»Bei den meisten Mitarbeitern. Natürlich erschweren

diese dauernden Ablösungen ein kontinuierliches Arbeiten. Kaum hat man einen Mann richtig eingearbeitet, verliert man ihn auch schon wieder. Aber schließlich ist das Leben auf dem Merkur kein Zuckerschlecken, sondern recht hart, und deshalb ist die begrenzte Aufenthaltsdauer berechtigt.«

»Wieviele Neue sind in den letzten sechs Monaten hier eingetroffen?«

»20 ungefähr. Die genaue Zahl steht in den Büchern. Aber 20 dürfte so ziemlich stimmen.«

»Sie sind wahrscheinlich schon erheblich länger hier.«

Der Astronom lachte. »Viele Jahre! Ich vermeide es nachzuzählen. Auch mein Stellvertreter, Dr. Cook, lebt schon sechs Jahre hier. Natürlich machen wir öfter Ferien ... Hier sind Ihre Unterkünfte, meine Herren! Wenn Sie irgendwelche Wünsche haben, lassen Sie es mich unverzüglich wissen.«

*

Bigman schaute sich um. Es war ein kleines Zimmer mit zwei Wandklappbetten, zwei Faltstühlen, einem Tisch, der auch als Schreibtisch diente, einem winzigen Schrank und einem Waschraum.

»He«, meinte er, »schon ein Fortschritt gegenüber dem Raumschiff, wie?«

»Nicht übel«, stimmte Lucky zu. »Wahrscheinlich eins der besseren Zimmer.«

»Na und? Er wird ja wohl wissen, wer du bist.«

»Das glaube ich nicht, Bigman. Er hielt es ja sogar für möglich, daß ich Techniker bin. Er weiß von mir nur, daß der Wissenschaftsrat mich entsandt hat.«

»Aber die anderen kennen dich doch alle«, sagte Bigman.

»Nicht alle! Mindes, Gardoma und Urtel ... Bigman, willst du nicht als erster duschen? Ich bestelle inzwischen das Essen und lasse uns das Wichtigste aus der *Shooting Starr* bringen.«

»Mir recht«, sagte Bigman fröhlich.

Unter der Dusche begann Bigman laut zu singen. Wie auf einem wasserlosen Planeten üblich, war das kostbare Naß streng rationiert. Ein Schild an der Wand gab die erlaubte Menge für ein Duschbad an und warnte streng davor, mehr zu verbrauchen. Für Bigman, der fast sein ganzes Leben auf dem Mars verbracht hatte, war das eine Selbstverständlichkeit. Wasser war ihm heilig, und er hätte auch ohne besondere Ermahnung nie einen Tropfen verschwendet. Umso reichlicher verbrauchte er, immer noch singend, die schmutzlösende Seife.

Danach stellte er sich vor den Heißlufttrockner, ließ sich die Haut von den scharfen Strahlen trockener Luft massieren und klatschte sich kräftig auf Rumpf und Gelenke, um die belebende Wirkung noch zu erhöhen.

»He, Lucky«, rief er, »steht das Essen schon auf dem Tisch? Ich habe einen Mordshunger!«

Er hörte, wie Lucky drüben leise mit jemand sprach, konnte aber nicht verstehen, was er sagte.

»He, Lucky«, wiederholte er, als er aus dem Duschraum kam. Auf dem Tisch standen zwei Platten mit heißem Roastbeef und dampfenden Kartoffeln. Allerdings belehrte ihn der etwas scharfe Duft, der von dem Fleisch aufstieg, daß es nicht echt war, sondern von den Hefekulturen der Venus stammte. Lucky hatte das Essen noch nicht angerührt, sondern saß auf dem Bett und unterhielt sich über den Hausanschluß mit Dr. Peverale, dessen Gesicht auf dem Empfangsschirm zu sehen war.

»Dann war es also allgemein bekannt, welches Zimmer wir beziehen würden?« fragte Lucky gerade.

»Nicht gerade allgemein«, war die Antwort. »Aber ich habe den Auftrag, Ihr Zimmer herzurichten, über die Sprechanlage gegeben. Vermutlich haben einige Leute zugehört. Ich sah aber keinen Grund zur Geheimhaltung. Im übrigen stehen uns nur sehr wenige Räume für

Ehrengäste zur Verfügung, und die kennt sowieso jeder.«

»Ich verstehe. Vielen Dank, Sir.«

»Stimmt etwas nicht?«

»Es ist alles in Ordnung«, sagte Lucky lächelnd und beendete das Gespräch. Sein Lächeln verschwand und machte einem nachdenklichen Gesichtsausdruck Platz.

»Alles in Ordnung, daß ich nicht lache!« stieß Bigman hervor. »Was ist passiert, Lucky? *Mir* kannst du nicht weismachen, daß alles in Ordnung ist.«

»Du hast recht. Etwas ist faul. Ich habe eben unsere Ausrüstung geprüft. Da sind zum Beispiel diese Isolieranzüge für die Sonnenseite.«

Bigman nahm einen der Anzüge aus einer Wandnische. Er war für seine Dicke erstaunlich leicht, was nicht mit der geringen Schwerkraft des Merkur zusammenhing. Denn innerhalb der Kuppel wurde künstlich für irdische Gravitationsverhältnisse gesorgt.

Er schüttelte den Kopf. Wie immer, bei Anzügen, die aus den Lagern stammten, anstatt nach seinen Maßen gefertigt zu sein, mußte er alle Paßteile auf das Minimum reduzieren, und selbst dann war der Anzug höchsten unbequem und erfüllte seinen Zweck mehr schlecht als recht. Seufzend fügte er sich darein. Das war der Nachteil daran, daß er nicht besonders groß war. In Gedanken nannte er es immer so, nie anders als: »nicht besonders groß«. Auf die Idee, daß er mit seinen ein Meter fünfundfünfzig ausgesprochen klein war, kam er nie.

»Bei den Wüsten des Mars, sie haben wirklich gut für uns gesorgt«, sagte er. »Alles ist da: Bett, Dusche, Essen und Anzüge.«

»Und damit nicht genug«, erwiderte Lucky ernst.»In diesem Zimmer wartet auch der Tod. Sieh einmal her!«

Lucky hob einen Ärmel des größeren Anzugs in die Höhe. Das Kugelgelenk der Schulter ließ sich mühelos bewegen, aber dort, wo es in den Rumpf überging, klaffte ein winziger, kaum sichtbarer Spalt. Lucky zerrte ihn mit den Fingern auseinander, sonst hätte ihn Bigman gar nicht bemerkt.

Es war ein Schnitt! Offenbar absichtlich verursacht! Die Isolierung lag frei.

»Am Innenfutter ist ein ähnlicher Schnitt«, sagte Lukky. »Dieser Anzug hätte gerade solange gehalten, bis ich die Sonnenseite erreicht hätte, und dann hätte er mich umgebracht.«

IV

KRACH BEIM BANKETT

»Urtel!« rief Bigman wild, und sein kleiner Körper bebte vor Zorn. »Dieser Dreckskerl ...«

»Warum gerade Urtel?« fragte Lucky.

»Er warnte uns doch vor den Anzügen, Lucky! Erinnerst du dich?«

»Natürlich. Deshalb habe ich sie mir ja so genau angesehen.«

»Sicher. Er steckt dahinter. Wir sollen den beschädigten Anzug finden und ihn für einen feinen Kerl halten. Fall nicht darauf herein, Lucky! Er ist ein ...«

»Nun mal langsam, Bigman! Keine voreiligen Schlüsse! Man kann es auch anders sehen. Angenommen, er hat nicht gelogen. Angenommen, Mindes versuchte, Urtels Anzug zu beschädigen und Urtel entdeckte es gerade noch rechtzeitig. Was lag da für ihn näher als uns zu warnen! Vielleicht ist es doch Mindes' Werk.«

»Beim Mars, Lucky, das kann nicht sein. Dieser Bursche Mindes ist bis zur Halskrause mit Schlaftabletten vollgepumpt, und bis zu dem Zwischenfall mit dem Strahler waren wir andauernd mit ihm zusammen.«

»Na schön. Aber«, gab Lucky zu bedenken, »wer sagt uns denn, daß Mindes voller Beruhigungsmittel ist und in tiefem Schlaf liegt?«

»Gardoma sagt es ...«, begann Bigman und verstummte.

»Genau. Gardoma sagt es! Aber gesehen haben wir Mindes nicht. Wir wissen nur, was Dr. Gardoma sagt, und der ist Mindes' bester Freund.«

Bigman schwenkte sofort um. »Die beiden stecken unter einer Decke«, rief er überzeugt. »Rasende Kometen ...«

»Einen Augenblick, Bigman, jetzt *ras* du mal nicht so. Ich erwäge doch nur die verschiedenen Möglichkeiten. Nichts davon ist bisher erwiesen.« In seiner Stimme klang leichter Ärger an. Dann fuhr er ruhiger fort: »Ein dutzendmal hast du dich beklagt, daß ich dir nicht alle meine Überlegungen gleich auf die Nase binde, sondern lieber warte, bis ich klar sehe. Jetzt weißt du, warum, du schießwütiger Schwachkopf! Kaum entwickle ich eine Theorie, bist du schon mit Volldampf auf dem Kriegspfad.«

»Tut mir leid, Lucky. Sprich weiter!«

»Okay. Urtel zu verdächtigen, liegt natürlich nahe. Keiner kann ihn leiden. Nicht einmal Dr. Peverale. Du hast ja erlebt, wie er bei der bloßen Nennung des Namens reagierte. Wir haben Urtel erst einmal gesehen, und schon kannst du ihn nicht ausstehen ...«

»Das kannst du laut sagen«, bestätigte Bigman.

» und ich bin auch nicht gerade begeistert von ihm. Aber jeder konnte die Löcher in den Anzug schneiden, in der Hoffnung, daß der Verdacht hinterher auf Urtel fallen würde. Und entdeckt hätte man die Messerschnitte in jedem Fall. Spätestens sobald sie den Träger des Anzugs umgebracht hätten.«

»Das ist mir alles klar, Lucky.«

»Doch wir dürfen nicht vergessen«, fuhr Lucky ruhig fort, »daß Mindes bereits versucht hat, mich mit einem Blaster zu erledigen. Wenn das ein ernsthaft gemeinter Anschlag auf mein Leben war, dann paßt eine so hinterhältige Sabotage wie das hier nicht zu seinem Typ. Und was Dr. Gardoma betrifft, so kann ich mir einfach nicht vorstellen, daß er sich nur aus Freundschaft zu Mindes an einem Mordanschlag auf ein Ratsmitglied beteiligt.«

»Und was schließt du daraus?« rief Bigman voll Ungeduld.

»Bisher gar nichts«, sagte Lucky. »Höchstens, daß wir schlafen gehen sollten.« Er klappte die Betten herunter, zog die Überdecken ab und begab sich in den Duschraum.

Achselzuckend sah ihm Bigman nach.

*

Scott Mindes saß aufrecht im Bett, als Lucky und Bigman am nächsten Morgen sein Zimmer betraten. Er war bleich und sah müde aus.

»Hallo«, sagte er. »Karl Gardoma hat mir berichtet, was passiert ist. Ich kann Ihnen gar nicht sagen, wie leid mir das alles tut.«

Lucky ging mit einem Achselzucken darüber hinweg. »Wie fühlen Sie sich?«

»Wie durch den Wolf gedreht, aber sonst okay – wenn Sie verstehen, was ich meine. Ich werde zu dem Bankett kommen, das der alte Peverale heute abend gibt.«

»Ist das ratsam?«

»Ich will Urtel das Feld nicht kampflos überlassen«, erklärte Mindes, und der Gedanke an den verhaßten Mann rötete vorübergehend seine Wangen. »Er wird doch jedem einreden, daß ich verrückt sei. Dasselbe gilt für Dr. Peverale.«

»Dann zweifelt Dr. Peverale auch an Ihrer Zurechnungsfähigkeit?« fragte Lucky leise.

»Nun … Hören Sie, Starr, als die Unfälle sich häuften, fuhr ich zweimal zur Erkundigung mit einem kleinen Raketenauto auf die Sonnenseite. Ich hielt es für meine Pflicht. Es ist mein Projekt. Und zweimal habe ich … habe ich etwas gesehen.«

Als Mindes schwieg, drängte ihn Lucky: »Was haben Sie gesehen, Dr. Mindes?«

»Ich wünschte, ich könnte es genau sagen. Ich sah es beidemal nur aus der Ferne. Etwas, das sich bewegte. Etwas, das wie ein Mensch aussah. Etwas, das einen Raumanzug trug. Keinen unserer Isolieranzüge, die extra für die Sonnenseite konstruiert sind. Es sah mehr nach einem ganz gewöhnlichen Raumanzug aus. Gewöhnliches Metall, wissen Sie.«

»Haben Sie versucht, näher heranzukommen?«

»Ja, aber dann war es verschwunden. Und auf den Fotos war es nicht zu endecken. Nur helle und dunkle Flekken, die alles oder nichts bedeuten können. Aber da war etwas, das weiß ich bestimmt. Es bewegte sich so sorglos in der Sonne, als gebe es weder Hitze noch Strahlung. Manchmal blieb es sogar minutenlang in der Sonne stehen. Und genau das machte mich so sicher.«

»Was ist daran so ungewöhnlich? Daß es minutenlang stehenblieb, meine ich?«

Mindes lachte auf. »Auf Merkurs Sonnenseite wagt niemand stehenzubleiben. Trotz des Isolieranzugs tut man seine Arbeit so schnell man kann, um so bald wie möglich wieder aus der Sonne zu verschwinden. Auch wenn die Temperaturen hier in der Nähe des Terminators nicht so furchtbar hoch sind. Aber die Strahlung! Je weniger man sich ihr aussetzt, umso besser. Die Isolieranzüge bieten nämlich keinen vollkommenen Schutz gegen Gammastrahlen. Wenn eine Pause nötig ist, begibt man sich grundsätzlich in den Schatten des nächsten Felsens.«

»Wie erklären Sie sich Ihre Begegnung?«

Mindes Antwort war nur ein Flüstern. »Ich glaube, daß es kein Mensch war.«

»Sie wollen doch damit nicht sagen, daß Sie einen zweibeinigen Geist gesehen haben?« platzte Bigman heraus, bevor Lucky ihn zum Schweigen bringen konnte.

Aber Mindes schüttelte nur den Kopf. »Habe ich diesen Ausdruck neulich gebraucht? Ich glaube, ich erinnere mich ... Nein, ich glaube, es ist ein Merkurianer.«

»Was?« schrie Bigman. Das übertraf ja alles!

»Wer anders könnte Hitze und Strahlung so gut vertragen?«

»Aber warum trägt er dann überhaupt einen Raumanzug?« gab Lucky zu bedenken.

»Ich weiß es nicht.« Eine rastlose Unruhe beherrschte Mindes. Seine Augen flackerten. »Aber etwas existiert dort. Als ich nach meinen beiden Begegnungen zur Kuppel zurückkam, habe ich mich jeweils genau erkundigt. Alle Männer hatten ein Alibi, kein Raumanzug fehlte. Leider gibt Dr. Peverale keine Genehmigung zu einer Aufklärungsexpedition. Er meint, dazu fehle es uns an der nötigen Ausrüstung.«

»Haben Sie ihm alles berichtet?«

»Er hält mich für übergeschnappt, da bin ich sicher. Er meint, ich hätte mich von Spiegeleffekten täuschen lassen, und das Wesen da draußen bestehe nur in meiner Einbildung. Aber ich habe mich nicht getäuscht, Starr!«

»Haben Sie sich an den Wissenschaftsrat gewandt?« fragte Lucky.

»Wie könnte ich? Dr. Peverale versagt mir jede Unterstützung. Urtel würde mich für verrückt erklären, und ihm würde man Glauben schenken. Wer würde mich überhaupt anhören?«

»Ich«, sagte Lucky.

Mit einem Ruck setzte sich Mindes im Bett auf. Seine Hand fuhr hoch, als wolle er Lucky am Ärmel packen. Dann hielt er inne und fragte mit erstickter Stimme: »Dann werden Sie Nachforschungen anstellen?«

»Das werde ich«, versprach Lucky, »auf meine Art.«

*

Als Lucky und Bigman zum Bankett kamen, saßen die anderen schon am Tisch. Während der Begrüßung und

Vorstellung war zu spüren, daß die Stimmung gespannt war.

Dr. Peverale saß am Kopf der Tafel. Die dünnen Lippen waren aufeinandergepreßt. Die eingefallenen Wangen bebten. Nur mit Mühe bewahrte er seine Würde. Zu seiner Linken räkelte sich der breitschultrige Urtel. Seine dicken Finger spielten mit dem oberen Rand des Weinglases.

Scott Mindes saß mehr zum Ende der Tafel hin. Er sah geradezu beklagenswert jung und müde aus. Sein Blick hing an Urtel, ebenso böse wie angstvoll. Neben ihm, aufmerksam und hellwach Dr. Gardoma, bereit einzugreifen, wenn Mindes das Temperament durchgehen sollte.

Sonst waren noch mehrere leitende Herren des Observatoriums anwesend. Hanley Cook, der zweithöchste im Rang, beugte seinen langen, hageren Körper vor und begrüße Lucky mit einem festen Händedruck.

Dann nahmen Lucky und Bigman zur Rechten von Dr. Peverale Platz, und die Salate wurden gereicht.

Urtel riß sofort die Unterhaltung an sich. Mit rauher Stimme sagte er: »Wir haben uns gerade gefragt, ob der junge Herr Mindes Ihnen nicht von den wunderbaren Ergebnissen seiner für die Erde so bedeutenden Experimente berichten sollte.«

»Das werde ich nicht tun«, gab Mindes kurz zurück. »Ich entscheide selber, wann und worüber ich spreche, wenn Sie nichts dagegen haben.«

»Ach, kommen Sie, Scott«, sagte Urtel und grinste breit, »seien Sie doch nicht so schüchtern! Na schön, dann werd *ich* das eben übernehmen!«

Wie zufällig legte Dr. Gardoma dem jungen Ingenieur eine Hand auf die Schulter, worauf Mindes einen Ausruf der Entrüstung verschluckte und schweigend zuhörte.

»Ich muß Sie warnen, Starr«, begann Urtel, »es wird ziemlich happig ...«

Lucky unterbrach ihn: »Ich weiß einigermaßen über

das Experiment Bescheid. Es ist durchaus möglich, daß aus unserer Erde einmal ein vollklimatisierter Planet wird.«

Urtel zog eine Grimasse. »Wirklich? Sie sind ein großer Optimist. Dem armen Scott ist nicht einmals das erste Experiment gelungen. Wenigstens sagt er das, nicht wahr, Scott?«

Mindes wollte aufspringen, aber Dr. Gardoma drückte ihn auf den Stuhl zurück.

Bigmans Augen wanderten von einem Sprecher zum anderen und blieben mit unverkennbaren Mißfallen an Urtel haften. Aber er sagte nichts.

Das Gespräch geriet vorübergehend ins Stocken, als der Hauptgang serviert wurde. Danach versuchte Dr. Peverale verzweifelt, es in weniger explosive Bahnen zu lenken. Eine Weile gelang ihm das auch. Aber dann wandte sich Urtel, in der Hand die Gabel mit einem großen Stück Roastbeef, an Lucky: »Demnach befürworten Sie also das Projekt, an dem Mindes hier arbeitet, ja?«

»Ich halte es für eine vernünftige Sache.«

»Als Mitglied des Wissenschaftsrats müssen Sie das tun. Was aber, wenn ich Ihnen sage, daß die hiesigen Experimente Humbug sind? Daß man sie ebenso gut auf der Erde durchführen könnte, und zwar für ein Prozent der Kosten, wenn der Wissenschaftsrat nur das geringste Interesse daran hätte, dem Steuerzahler unnötige Kosten zu ersparen! Was würden Sie dazu sagen?«

»Dasselbe, was ich Ihnen auf alle Ihre Behauptungen entgegnen würde«, antwortete Lucky gelassen. »Ich würde sagen, Mr. Urtel, daß Sie wahrscheinlich lügen. Denn Sie sind ein unerhört begabter Lügner, und ich glaube, es macht Ihnen richtig Spaß zu lügnen.«

Betretenes Schweigen senkte sich nach diesen Worten über die Tafel. Sogar Urtel hatte es die Sprache verschlagen. Vor Überraschung klappte ihm der Unterkiefer herab, und seine Augen schienen aus den Höhlen zu treten. Plötzlich sprang er, wie von der Tarantel gestochen, in die Höhe und ließ seine geballte Rechte hart neben Lukkys Teller auf den Tisch knallen.

Dabei donnerte er: »Mir soll doch kein Lakai des Rates ...«

In diesem Augenblick handelte Bigman. So blitzschnell, daß kein Auge seinen Bewegungen folgen konnte. Aber Urtels Satz endete in einem erschrockenen Schrei.

Aus der Hand, die er auf den Tisch gehämmert hatte, ragte das stählerne Heft eines Vibromessers.

Dr. Peverale schob seinen Stuhl scharrend zurück. Die Teilnehmer des Banketts stießen Rufe der Bestürzung aus. Sogar Lucky schien verblüfft. Nur Bigman bewahrte völlige Ruhe.

Dann erhob Bigman seine Tenorstimme, und helles Entzücken erklang daraus. »Spreizen Sie Ihre Finger, Sie schmieriges Ölfaß! Spreizen Sie die Finger, und rutschen Sie auf Ihren Stuhl zurück!«

Einen Augenblick lang starrte Urtel seinen kleinen Quälgeist verständnislos an, und dann spreizte er ganz langsam die Finger. Die Hand war unverletzt. Sie wies nicht den kleinsten Kratzer auf. In der Kunststoff-Tischplatte zitterte das Vibromesser. Knapp drei Zentimeter der fluoreszierend schimmernden Klinge, die nicht aus fester Materie, sondern aus einem dünnen Kraftfeld bestand, waren zu sehen. Das Messer hatte sich, von unfehlbar sicherer Hand geführt, genau zwischen Zeige- und Mittelfinger in die Platte gebohrt.

Urtel riß seine Hand plötzlich so heftig zurück, als wäre die Platte glühendheiß.

Mit unverhohlenem Vergnügen über seinen Triumph sagte ihm Bigman: »Und das nächstemal, Sportsfreund, wenn Sie wieder die Hand gegen Lucky oder mich erheben, schneide ich sie glatt ab. Na, was sagen Sie dazu? Aber sagen Sie es ja höflich!« Er griff nach dem Messer, schaltete die Klinge aus und schob es in die unauffällige Scheide am Gürtel.

»Ich wußte nicht, daß mein Freund bewaffnet ist«, sagte Lucky und runzelte leicht die Stirn. »Sicherlich bedauert er, das Bankett gestört zu haben. Aber ich glaube, für Mr. Urtel wird dieser Zwischenfall eine Lehre sein.«

Jemand lachte, und Mindes lächelte verkniffen.

Mit flackernden Augen sah Urtel von einem zum anderen. »Ich werde das nicht vergessen. Offenbar kann der Senator hier auf wenig Unterstützung rechnen. Ich werde ihn darüber informieren lassen. Und ich werde hier bleiben. So leicht wird man mich nicht los.« Er verschränkte herausfordernd die Arme vor der Brust.

Nach und nach kam die Unterhaltung wieder in Gang.

Lucky wandte sich an Dr. Peverale. »Wissen Sie, Sir, daß Sie mir sehr bekannt vorkommen?«

»Wirklich?« Der Astronom lächelte gequält. »Ich glaube nicht, daß wir uns schon begegnet sind.«

»Waren Sie mal auf Ceres?«

»Ceres?« Der alte Astronom blickte Lucky überrascht an. Er hatte sich offensichtlich von seinem Schrecken über die Episode mit dem Vibromesser noch nicht ganz erholt. »Auf diesem Asteroid befindet sich das größte Observatorium im gesamten Sonnensystem. Ich habe als junger Mann dort gearbeitet und besuche es immer noch häufig.«

»Dann habe ich Sie dort vielleicht einmal gesehen.«

Dabei schweiften Luckys Gedanken zu der aufregenden Jagd nach Captain Anton und den Piraten zurück, die ihre Schlupfwinkel auf den Asteroiden gehabt hatten. Besonders deutlich kam ihm jener Tag zu Bewußtsein, als die Piratenschiffe das Territorium des Rates auf Ceres direkt angriffen. Das tollkühne Unternehmen hätte fast zu ihrem Sieg geführt.

Aber Dr. Peverale schüttelte in gutmütiger Ablehnung den Kopf. »Ich würde mich bestimmt erinnern, wenn ich dort das Vergnügen gehabt hätte, Ihre Bekanntschaft zu machen. Nein, nein, Sie müssen sich irren.«

»Schade«, sagte Lucky.

»Ganz meinerseits. Es war damals ein schlechtes Jahr für mich. Ich war wegen eines Magenleidens in Krankenhausbehandlung und konnte so den aufregenden Piratenangriff nicht miterleben. Ich erfuhr erst durch die Unterhaltung der Krankenschwestern davon.«

Dr. Peverale hatte seine gute Laune wiedergefunden. Während der automatische Servierwagen den Nachtisch auftrug, blickte er in die Runde und sagte: »Meine Herren, es wurde hier über das Projekt Licht diskutiert.«

Er hielt inne, schenkte allen ein gütiges Lächeln und fuhr fort: »Es ist nicht gerade ein erfreuliches Gesprächsthema, aber ich habe viel über die Zwischenfälle nachgedacht, die uns soviel Kummer bereiteten. Es scheint mir jetzt ein günstiger Zeitpunkt, Ihnen das Ergebnis meiner Überlegungen bekanntzugeben. Wir haben Dr. Mindes unter uns. Wir haben ein vortreffliches Essen genossen. Ich denke, ich habe Ihnen sehr interessante Dinge zu eröffnen.

Urtel brach das erwartungsvolle Schweigen. »Sie, Dr. Peverale?« fragte er voll Grimm.

»Warum nicht?« erwiderte der Astronom in mildem Ton. »Ich habe schon oft in meinem Leben interessante Dinge verkünden dürfen. Und ich werde jetzt aussprechen, was ich denke.« Seine Stimme nahm einen feierlichen Klang an. »Ich glaube, ich kenne jetzt die ganze Wahrheit. Ich weiß, wer die Sabotageakte am Projekt Licht verübt – und warum er es tut.«

V

GEFAHR VOM SIRIUS?

Befriedigt schaute der freundliche alte Astronom in die Runde. Aller Blicke hingen an seinen Lippen. Unauffällig musterte Lucky die Gesichter der Bankettgäste. Die Herren nahmen Dr. Peverales Ankündigung sehr verschieden auf. Urtels fleischiges Gesicht drückte nur Verachtung aus. Dr. Gardoma legte bedenklich die Stirn in Falten. Mindes blickte düster vor sich hin. Die Stimmung der übrigen zeigte alle Schattierungen zwischen mildem Interesse und neugieriger Anteilnahme.

Einer fiel Lucky besonders auf. Es war Hanley Cook, Dr. Peverales Stellvertreter. Er betrachtete gelangweilt seine Fingerspitzen. Sein Gesichtsausdruck war abweisend, fast angeekelt. Doch als er den Blick hob, wirkte er völlig gleichgültig.

Lucky nahm sich vor, mit diesem Mann ins Gespräch zu kommen.

Dann widmete er seine Aufmerksamkeit wieder Dr. Peverale.

»Natürlich ist der Saboteur keiner von uns«, sagte der Leiter des Observatoriums gerade. »Davon ist auch Dr. Mindes überzeugt, der in dieser Richtung Nachforschungen betrieb. Dessen hätte es kaum bedurft. Denn ich weiß, daß niemand in unserem Kreis sich zu derartigen verbrecherischen Handlungen hergeben würde. Dennoch muß es sich bei dem Saboteur um ein intelligentes Wesen handeln. Denn es geht bei seinen Zerstörungen mit großer Zielstrebigkeit gegen das Projekt Licht vor. Mit Zufall oder bloßer Böswilligkeit ist das nicht zu erklären. Daher ...«

In großer Erregung unterbrach ihn Bigman: »He, meinen Sie vielleicht, daß es auf dem Merkur Leben gibt? Ist der Kerl ein Merkurianer?«

Der Einwurf rief verschiedene Kommentare und einiges Gelächter hervor. Bigman wurde rot. »Was wollen Sie?« verteidigte sich der kleine Marsmensch. »Hat Dr. Peverale das nicht eben selber angedeutet?«

»Nicht ganz«, berichtige Dr. Peverale freundlich.

»Auf dem Merkur existiert keinerlei Leben irgendwelcher Art«, erklärte einer der Astronomen mit Nachdruck. »Dessen sind wir völlig sicher.«

»Völlig sicher?« zweifelte Lucky. »Wie weit haben Sie den Merkur denn erforscht?«

Etwas unsicher antwortete der Astronom: »Es wurden mehrere Entdeckungsfahrten unternommen!«

Lucky lächelte. Er war auf dem Mars intelligenten Wesen begegnet, von deren Vorhandensein niemand etwas ahnte. Er hatte auf der Venus halbintelligente Wesen kennengelernt, wo kein Mensch derartiges vermutete. So leicht konnte man ihn nicht davon überzeugen, daß es auf irgendeinem Planeten keinerlei Leben oder Intelligenz gäbe.

Deshalb bohrte er weiter: »Wieviele Entdeckungsfahrten? Wie gründlich wurde geforscht? Wieviele Quadratkilometer wurden abgesucht?«

Statt zu antworten, hob der Astronom die Brauen und verdrehte die Augen, als wolle er sagen, es sei nutzlos, mit dem Manne zu diskutieren.

Bigman feixte, und sein kleines Gnomengesicht legte sich in viele Falten.

Dr. Peverale ergriff wieder das Wort. »Mein lieber Starr, alle Expeditionen erbrachten das gleiche negative Ergebnis. Wir räumen zwar ein, daß das Vorhandensein von Leben auf dem Merkur noch nicht völlig ausgeschlossen werden kann, meinen aber, es ist mehr als unwahrscheinlich. Bleiben wir also bei der gut gesicherten Annahme, daß die menschliche Rasse das einzige von Intelligenz beseelte Leben in der Milchstraße darstellt. Jedenfalls das einzige, das uns bekannt ist.«

Lucky, der an die Geistwesen des Mars dachte, hätte ihm widersprechen können. Aber er schwieg lieber und ließ den alten Mann weiterreden.

Es war Urtel, der den nächsten Einwurf machte. Er hatte inzwischen sein Selbstbewußtsein wiedererlangt, und er rief dem Redner zu: »Worauf wollen Sie eigentlich hinaus?« Als Nachsatz fügte er, typisch für ihn, ironisch hinzu: »Falls Sie überhaupt auf etwas hinauswollen!«

Dr. Peverale antwortete Urtel nicht direkt. Er sah von einem Tischgast zum anderen, vermied es aber absichtlich, den Abgesandten des Senators anzublicken. Dann sagte er langsam: »Entscheidend ist, daß Menschen nicht nur auf der Erde leben. Sie leben auch in vielen anderen Sonnensystemen.« In seinem Gesicht ging eine auffallende Veränderung vor. Er wurde bleich. Die Wangen sanken ein, und die Nasenlöcher weiteten sich, als packe ihn unbändiger Zorn. »Zum Beispiel leben Menschen auf den Siriusplaneten. Wie, wenn unter ihnen die Saboteure zu suchen wären?«

»Aber warum gerade sie?« wollte Lucky wissen.

»Und warum nicht? Sie haben die Erde schon früher angegriffen.«

Das stimmte. Vor gar nicht langer Zeit hatte sich Lucky Starr selber an der Abwehr einer Invasionsflottille vom Sirius beteiligt, die auf Ganymed gelandet war. Die Angreifer hatten das Sonnensystem wieder verlassen, ohne es auf eine Entscheidungsschlacht ankommen zu lassen. Andererseits gehörte es vielerorts auf der Erde fast zum guten Ton, dem Sirius für alle Katastrophen die Schuld zu geben.

»Ich war dort!« betonte Dr. Peverale mit Nachdruck. »Erst vor fünf Monaten besuchte ich das Syriussystem. Die Einreise war äußerst kompliziert, weil dort weder Einwanderer noch Besucher erwünscht sind. Ich bekam das Visum schließlich nur, weil gerade eine interstellare Astronomenkonferenz stattfand. Ich war entschlossen, mir selber ein Bild zu machen. Und ich darf sagen, daß mir das über Erwarten gründlich gelang.«

Er räusperte sich und fuhr fort: »Die Planeten des Sirius sind nur dünn bevölkert und völlig dezentralisiert. Sie leben in einzelnen Großfamilien, die kaum Kontakt miteinander halten. Jede hat ihre eigene Energieversorgung. Jede besitzt ihr eigenes Heer mechanischer Sklaven – anders kann man sie nicht bezeichnen – von Sklaven in Gestalt positronischer Roboter, die sämtliche Arbeiten verrichten. Die Siriusmenschen bilden eine Art kriegerischer Aristokratie. Jeder von ihnen kann zum Beispiel einen Raumkreuzer steuern. Sie werden nicht eher Ruhe geben, bis sie die Erde zerstört haben.«

Bigman rutschte unruhig auf seinem Stuhl herum. »Beim Mars, sie sollen es nur wagen! Mehr sage ich nicht dazu.«

»Sie werden angreifen, sobald sie ihre Vorbereitungen abgeschlossen haben«, sagte Dr. Peverale. »Und wenn wir nicht bald entscheidende Gegenmaßnahmen ergreifen, werden sie uns besiegen. Was haben wir ihnen denn entgegenzusetzen? Eine Milliardenbevölkerung, gut, aber wieviel Prozent können ein Raumschiff fliegen? Wir sind sechs Milliarden Kaninchen gegen eine Million Wölfe. Die Erde ist auf fremde Hilfe angewiesen, und das von Jahr zu Jahr mehr. Unsere Ernährungsgrundlagen sind Getreide vom Mars und Hefe von der Venus. Bodenschätze beziehen wir von den Asteroiden, und solange die Bergwerke in Betrieb waren, bekamen wir sie auch vom Merkur.«

Er wandte sich an Lucky. »Auch ein voller Erfolg des Projekts Licht führt nur zu neuer Abhängigkeit von den Raumstationen, die der Erde dann das Sonnenlicht liefern. Merken Sie denn nicht, wie verwundbar uns das macht, Starr? Ein sirianisches Kommandounternehmen, gegen die Vorposten des Sonnensystems könnte Panik und Hungersnöte auf der Erde hervorrufen, ohne daß es zu größeren Kampfhandlungen kommen müßte.«

Dr. Peverale hob die Stimme. »Und können wir irgend etwas zur Vergeltung unternehmen? Ganz gleich, wieviele wir töten, die überlebenden Sirianer bleiben autark und einsatzbereit. Sie können den Krieg jederzeit fortsetzen.«

Der alte Mann hatte zum Schluß mit überzeugender Leidenschaft gesprochen. Zweifellos meinte er jedes Wort ernst. Er mußte seine Befürchtungen allen mitteilen, sonst wäre er daran erstickt – so schien es.

Luckys Blick richtete sich auf Dr. Peverales Stellvertreter. Hanley Cook stützte den Kopf in die Hand. Sein Gesicht war gerötet, aber nicht aus Zorn oder Mißbilligung, sondern eher aus Verlegenheit, wie Lucky zu erkennen glaubte.

»Aber was wollten sie denn damit erreichen?« fragte Scott Mindes skeptisch. »Wenn es ihnen auf dem Sirius so gut geht, was haben sie dann auf der Erde verloren? Was könnten sie uns wegnehmen? Angenommen, sie erobern die Erde, dann müssen sie doch noch für uns sorgen ...«

»Unsinn!« Der alte Astronom brauste auf. »Warum sollten sie? Sie haben es nicht auf die Bevölkerung der Erde abgesehen, sondern auf ihren Reichtum. Uns würden sie verhungern lassen. Das entspräche genau ihrer Politik.«

»Aber, aber«, wandte Dr. Gardoma ein. »Das glaube ich nun doch nicht.«

»Nicht aus Grausamkeit«, präzisierte Dr. Peverale, »sondern aus politischen Gründen. Sie verachten uns. Sie sehen in uns kaum mehr als Tiere. Die Sirianer sind sehr rassebewußt. Seit der ersten Besiedlung des Siriussystems durch Erdkolonisten haben sie sich einer sorgfältigen Auslese unterworfen, mit dem Erfolg, daß sie frei von den meisten Krankheiten und von verschiedenen Merkmalen und Eigenschaften sind, die sie für untragbar halten.«

Er hob die Hand. »Sie sehen alle gleich aus, während die Menschen der Erde sich in Körperbau, Größe, Hautfarbe und vielem anderen unterscheiden. Die Sirianer betrachten uns als minderwertig. Deshalb nehmen sie auch keine Auswanderer mehr auf. Unsere Regierung mußte alle Beziehungen spielen lassen, sonst hätte man mich nicht einmal an der Konferenz teilnehmen lassen. Die Astronomen aller anderen Sonnensysteme waren ihnen willkommen, nur keiner von der Erde.«

Dr. Peverale schloß: »Ein Menschenleben bedeutet ihnen ohnehin wenig. Sie sind maschinenorientiert. Ich habe sie beim Umgang mit ihren Robotern beobachtet. Sie kümmern sich mehr um ihre Roboter als um andere Sirianer. Ein Roboter ist ihnen hundertmal mehr wert als ein Mensch von der Erde. Sie verwöhnen die Roboter. Sie lieben sie. Für ihre Roboter ist ihnen das Beste gerade gut genug.«

»Nun ja«, murmelte Lucky, »Roboter sind ja auch teuer. Deshalb muß man sie pfleglich behandeln.«

»Das mag zutreffen«, sagte Dr. Peverale, »Aber wer gewohnt ist, sich intensiv um das Wohlergehen von Maschinen zu kümmern, wird allmählich gleichgültig gegenüber Menschen.«

Lucky Starr hatte die Ellbogen auf dem Tisch. Jetzt lehnte er sich vor. Tiefer Ernst spiegelte sich in seinen dunklen Augen. Das angenehme, noch immer leicht jungenhafte Gesicht war voll gespannter Aufmerksamkeit. »Dr. Peverale«, sagte er, »wenn die Sirianer rassebewußt sind und durch Zuchtwahl eine einseitige Auslese anstreben, so schaufeln sie sich, auf lange Sicht gesehen, ihr eigenes Grab. Denn gerade die Verschiedenartigkeit der Menschen bringt den Fortschritt. Daher ist die Erde auf dem Gebiet wissenschaftlicher Forschung immer noch führend und nicht der Sirius. Erdmenschen haben die Planeten des Sirius besiedelt. Wir und nicht unsere Vettern vom Sirius machen jedes Jahr auf allen Gebieten neue Entdeckungen. Auch die positronischen Roboter, von denen Sie sprachen, wurden auf der Erde erfunden und entwickelt.«

»Ja«, antwortete der Astronom, »aber die Erdmenschen machen von diesen Robotern keinen Gebrauch. Sie würden unsere Wirtschaft durcheinanderbringen, und wir stellen ja Wohlstand und Sicherheit von heute über die Sicherung des Morgen. Unser wissenschaftlicher Fortschritt macht uns ständig schwächer, während Sirius ihn zur Stärkung seiner Macht benutzt. Das ist der Unterschied. Und darin liegt eine große Gefahr.«

Dr. Peverale ließ sich in seinen Sessel gleiten und blickte grimmig auf einen imaginären Punkt auf der Tischplatte. Der automatische Servierwagen räumte die Tafel ab.

Lucky zeigte auf ihn. »Das ist auch eine Art Roboter, wenn Sie so wollen!«

Geräuschlos setzte der automatische Servierwagen seine Arbeit fort. Er glitt auf einem diamagnetischen Feld dahin, so daß seine sanft geschwungene Unterseite nie den Boden berührte. Die schlanken Greifarme nahmen Teller und Geschirr geschickt von den Tischen und stellten sie auf seiner glatten Oberseite ab oder verstauten sie in einem seitlich angebrachten Schrank.

»Das ist ein ganz einfacher Automat«, schnaufte Dr. Peverale. »Er hat kein Positronengehirn. Er kann nur immer die gleichen mechanischen Arbeiten ausführen.«

»Sie behaupten also«, sagte Lucky, »daß es Sirianer sind, die Projekt Licht sabotieren?«

»Allerdings.«

»Und aus welchem Grund sollten sie das tun?«

Dr. Peverale zuckte die Achseln. »Vielleicht ist es Teil eines größeren Plans. Ich weiß nicht, was es in anderen Teilen des Sonnensystems für Probleme gibt. Vielleicht handelt es sich hier um die ersten mehr zufälligen Tests für die bevorstehende große Invasion, für den endgültigen Angriff. Projekt Licht ist von geringer Bedeutung. Was allein zählt, ist die Gefahr vom Sirius. Ich wünschte, ich könnte dem Wissenschaftsrat, die Regierung und das Volk endlich davon überzeugen.«

Hanley Cook räusperte sich. Dann ergriff er zum erstenmal das Wort. »Die Sirianer sind Menschen wie wir. Wenn sie sich auf dem Merkur aufhalten, dann sagen Sie mir, wo?«

»Das herauszufinden«, antwortete Dr. Peverale, wäre eine Aufgabe einer Forschungsexpedition, einer gut vorbereiteten und erstklassig ausgerüsteten Expedition.«

»Hören Sie«, sagte Mindes, und seine Augen blitzten vor innerer Erregung, »ich war auf der Sonnenseite, und ich schwöre ...«

»Eine gut vorbereitete und erstklassig ausgerüstete Expedition«, wiederholte der alte Astronom mit fester Stimme. »Ihre Einmann-Ausflüge beweisen gar nichts, Mindes.«

Der Ingenieur stammelte etwas Unverständliches und verstummte dann verlegen.

Lucky wandte sich plötzlich an Urtel. »Ihnen scheint das gegen den Strich zu gehen, Urtel. Was sagen Sie zu Dr. Peverales Theorie?«

Der Agent des Senators hob die Augen und begegnete Luckys ruhigem Blick haßerfüllt und in unverhohlener Feindschaft. Er hatte offenbar den Streit zu Beginn des Banketts nicht vergessen – und würde es auch in Zukunft nicht tun.

»Ich behalte meine Meinung für mich«, sagte er. »Ich will nur so viel sagen: mich hält hier abend keiner zum Narren!«

Er preßte die Lippen aufeinander und sagte kein weiteres Wort. Lucky wartete noch einen Augenblick, dann wandte er sich an Peverale. »Ich frage mich, ob wir überhaupt eine vollständige Expedition brauchen, Sir. Vorausgesetzt, die Sirianer befinden sich auf dem Merkur, müßten wir doch durch logisches Nachdenken ihr Versteck ermitteln können, oder?«

»Sprich weiter, Lucky!« krähte Bigman. »Zeig es ihnen!«

»Wie meinen Sie das?« fragte Peverale.

»Nun, welcher Ort wäre denn für die Sirianer am besten geeignet? Wenn sie monatelang in gewissen Abständen Projekt Licht durch Sabotageakte störten, haben sie bestimmt einen nahegelegenen Stützpunkt gewählt. Andererseits wollen sie natürlich eine vorzeitige Entdekkung vermeiden. Nun, wo wäre ein solcher Ort zu finden, in der Nähe und doch gut getarnt? Mir scheint, es wäre töricht, den Stützpunkt auf der Sonnenseite des Merkur zu errichten. Zu heiß, zu viel Strahlung, zu unwirtlich.«

Cook knurrte: »Nicht unwirtlicher als auf der Schattenseite.«

»Nein, nein«, rief Lucky, »das ist ein Irrtum. Die Sonnenseite ist lebensfeindlich. Menschen sind für den Aufenthalt dort nicht geschaffen. Dagegen weist die Nachtseite gewohnte Bedingungen auf. Sie ist einfach ein dem Weltraum ausgesetztes Gebiet, und an Weltraumbedingungen ist der Mensch ja nun inzwischen gewöhnt. Es ist dunkel und luftleer, aber nicht dunkler als irgendwo im Raum, wohin das Sonnenlicht nicht dringt, und bestimmt nicht luftleerer. Der Mensch hat gelernt, im Weltraum zu leben. Folglich kann er auch auf der Schattenseite des Merkur existieren.«

»Sprechen Sie weiter, Mr. Starr!« drängte Dr. Peverale, dessen Greisenaugen interessiert aufblitzten. »Nur weiter!«

»Aber es ist alles andere als einfach, einen Stützpunkt aufzubauen, der monatelang als Unterschlupf dienen soll. Sie müssen ein oder mehrere Raumschiffe haben, um eines Tages zum Sirius zurückzukehren. Oder falls sie von einem Schiff abgeholt werden sollen, brauchen sie große Vorräte an Lebensmitteln und Wasser, nicht zu vergessen eine Energiequelle. Das erfordert eine Menge Platz, und doch müssen sie sich vor Entdeckung sicher glauben. Da bleibt nur ein möglicher Ort übrig.«

»Wo, Lucky?« fragte Bigman, der vor Aufregung nicht mehr ruhig sitzen konnte. Er glaubte Lucky unbesehen jedes Wort. »Wo?«

»Nun«, erklärte Lucky, »kurz nach meiner Ankunft erwähnte Dr. Mindes mir gegenüber die stillgelegten Bergwerke. Und vor wenigen Minuten sprach auch Dr. Peverale darüber und bemerkte, daß früher darin gearbeitet wurde. Daraus schließe ich, daß es auf diesem Planeten leere Schächte und Stollen geben muß. Und sie dürften sich entweder hier oder am Südpol befinden, weil die Polargebiete als einzige keine extremen Temperaturschwankungen aufweisen. Habe ich recht?«

Cook zögerte. »Ja, Bergwerke gibt es hier. Vor dem Bau des Observatoriums bildete die Kuppel die Werkzentrale.«

»Dann sitzen wir praktisch also über einem großen leeren Loch im Merkur. Nur dort können die Sirianer ohne Angst vor Entdeckung ihren Stützpunkt eingerichtet haben. Und nur von dort droht uns Gefahr.«

Zustimmung erklang von allen Seiten, bis sich Urtels kehlige Stimme vernehmen ließ. »Alles schön und gut«, sagte er. »Aber was folgt daraus? Was gedenken Sie zu unternehmen?«

»Bigman und ich«, war Luckys Antwort, »haben die Absicht, sobald wie möglich in das Berwerk vorzudringen. Wenn sich dort jemand aufhält, werden wir ihn finden.«

VI

VORBEREITUNGEN

Dr. Gardomas Frage klang scharf. »Wollen Sie sich etwa allein hineinwagen?«

»Warum denn nicht?« mischte sich Urtel ein. »Leichter kann man den Helden kaum spielen. Natürlich gehen sie allein. Da unten ist nichts, niemand hält sich dort verborgen, und das wissen die beiden ganz genau.«

»Haben Sie keine Lust mitzukommen?« fragte Bigman. »Wenn Sie Ihr großes Maul zurücklassen, paßt Ihnen vielleicht sogar der Anzug.«

»Bei Ihnen ist allerdings nicht zu befürchten, daß Ihnen der Anzug zu eng sein könnte«, grollte Urtel.

»Es hat keinen Sinn, allein zu gehen«, sagte Dr. Gardoma, »wenn ...«

Lucky fiel ihm ins Wort. »Eine vorläufige Untersuchung kann keinen Schaden anrichten. Möglicherweise hat Urtel recht. Vielleicht ist wirklich niemand da unten. Falls es aber brenzlig wird – wir bleiben in Verbindung mit Ihnen in der Kuppel und hoffen, daß wir mit den Sirianern fertigwerden, auf die wir stoßen. Bigman und ich haben schon manche gefährliche Situation gemeistert.«

»Außerdem«, setzte Bigman hinzu, und sein Gnomengesicht verzog sich zu einem Grinsen, »lieben Lucky und ich gefährliche Situationen.«

Lächelnd erhob sich Lucky. »Wenn Sie uns jetzt entschuldigen wollen ...«

Sofort sprang auch Urtel auf, verließ die Tafel und stapfte davon. Lucky sah ihm gedankenvoll nach.

Als Hanley Cook an Lucky vorbeiwollte, hielt dieser ihn am Ellbogen fest.

Cook sah besorgt zu ihm auf. »Ja, bitte? Was gibt es, Mr. Starr?«

»Kann ich Sie gleich in unserem Zimmer sprechen?« fragte Lucky in ruhigem Ton.

»Ich bin in 15 Minuten dort. Reicht das?«

»Ausgezeichnet.«

*

Cook war beinahe pünktlich. Still trat er in ihr Zimmer. Die besorgte Miene schien ein Teil seiner Persönlichkeit zu sein. Er war Ende Vierzig, hatte ein kantiges Gesicht und hellbraunes Haar, durch das sich die ersten grauen Fäden zogen.

Lucky entschuldigte sich: »Ich hatte ganz vergessen, Ihnen zu sagen, wo unser Zimmer ist. Tut mir leid.«

Cook sah ihn überrascht an. »Aber ich wußte doch, welches Zimmer man Ihnen angewiesen hat.«

»Na schön. Jedenfalls danke ich Ihnen für Ihr Kommen.«

»Oh«, machte Cook, hielt kurz inne und beeilte sich dann hinzuzufügen: »Keine Ursache.«

»Ich habe eine kleine Beanstandung bei den Isolieranzügen für die Sonnenseite, die hier bereitlagen«, erklärte Lucky.

»Die Isolieranzüge? Wir haben doch nicht etwa den dazugehörigen Informationsfilm vergessen?«

»Nein, nein. Den hab ich mir angesehen. Es ist etwas ganz anderes!«

»Stimmt irgend etwas daran nicht?« wunderte sich Cook.

»Ob irgend etwas daran nicht stimmt?« krähte Bigman. »Sehen Sie sich das an!« Und er breitete die Ärmel aus, um ihm die Schnitte zu zeigen.

Zuerst schaute Cook verständnislos drein. Dann schoß ihm das Blut zu Kopf, und seine Augen weiteten sich vor Entsetzen. »Ich verstehe das nicht ... das ist doch unmöglich ... hier in der Kuppel!«

»Hauptsache, wir bekommen schnell Ersatz«, sagte Lucky.

»Aber wer sollte das getan haben? Das müssen wir herausbekommen.«

»Ich möchte nicht, daß wir Dr. Peverale damit behelligen.«

»Nein, nein«, sagte Cook sofort, als habe er das nie in Erwägung gezogen.

»Es wird sich schon irgendwann aufklären. Vor allem aber brauchen wir jetzt neue Anzüge.«

»Selbstverständlich. Ich sorge dafür. Klar, daß Sie mich sprechen wollten. Großer Weltraum ...« Er brach ab, sprang auf und wandte sich zum Gehen.

Aber Lucky hielt ihn auf. »Bleiben Sie noch! Das war ja nur eine Kleinigkeit. Es gibt noch Wichtigeres zu besprechen. Übrigens, bevor wir zum Thema kommen – Sie scheinen Dr. Peverales Ansichten über die Sirianer nicht zu teilen, stimmt's?«

Zwei steile Falten erschienen auf Cooks Stirn. »Dazu möchte ich nichts sagen.«

»Ich habe Sie während seiner Ansprache beobachtet. Ich hatte den Eindruck, daß Sie sie mißbilligten.«

Cook setzte sich wieder. Seine knochigen Finger verkrampften sich. »Er ist ein alter Mann«, sagte er. »Schon seit Jahren hat er etwas gegen die Siraniner. Es ist fast psychopathisch. Ich glaube, er sieht sie schon unter seinem Bett. Er macht sie für alles verantwortlich. Wenn nur eine Fotoplatte überbelichtet ist, sind die Sirianer daran schuld. Seitdem er im Siriussystem war, ist es noch schlimmer geworden – wegen der schlechten Erfahrungen, die er dort gemacht haben will.«

»Was ist ihm denn da zugestoßen?«

»Nichts Schlimmes, nehme ich an. Sie haben einfach eine Art Quarantäne über ihn verhängt. Er wohnte in einem abgesonderten Haus. Einmal waren sie ihm zu höflich, dann wieder zu grob. Wahrscheinlich konnte es ihm keiner recht machen. Dann drängten sie ihm noch einen positronischen Roboter zur Bedienung auf.«

»Hatte er auch dagegen etwas einzuwenden?«

»Er behauptet, sie hätten es nur getan, um ihm ja nicht zu nahe zu kommen. Wissen Sie, er nimmt einfach *alles* persönlich.«

»Waren Sie mit ihm da?«

Cook schüttelte den Kopf. »Sirius ließ nur einen Vertreter der Erde zu, und er ist der Dienstältere. Es wäre besser gewesen, ich hätte die Konferenz besucht. Er ist zu alt, wirklich – zu alt.« Cook sprach in mürrischem Ton. Plötzlich blickte er hoch. »Das ist natürlich alles vertraulich.«

»Völlig klar«, beruhigte ihn Lucky.

»Und Ihr Freund?« sagte Cook unsicher. »Ich meine, er ist sicher vertrauenswürdig, aber er ist auch ein wenig … äh … hitzköpfig.«

»He«, rief Bigman und versteifte sich.

Lucky legte ihm freundschaftlich die Hand auf den Kopf und strich ihm das Haar in die Stirn. »Hitzköpfig ist das richtige Wort«, gab er zu. »Sie sahen es ja beim Bankett. Wenn man ihn reizt, geht ihm die Zunge leicht durch. Dann benutzt er lieber die Faust als den Kopf. Dann kann ich ihn auch nicht immer rechtzeitig stoppen. Damit muß man sich abfinden. Aber wenn ich ihn ausdrücklich bitte, über eine Sache nicht zu sprechen, dann ist er verschwiegen wie eine Auster. Mehr brauche ich dazu nicht zu sagen.«

»Ich danke Ihnen«, sagte Cook.

»Damit komme ich auf meine ursprüngliche Frage zurück«, sagte Lucky. »Teilen Sie im gegenwärtigen Fall Dr. Peverales Theorie über die Sirianer als Saboteure?«

»Nein. Woher sollen sie von Projekt Licht Kenntnis haben? Und wenn, was würde sie es kümmern? Ich halte es für ausgeschlossen, daß sie Raumschiffe und Menschen herschicken und die Gefahr einer ernsten Krise mit dem Sonnensystem heraufbeschwören, nur um ein paar Kabel zu zerschneiden. Ich muß hinzufügen, daß sich Dr. Peverale seit einer ganzen Weile beleidigt fühlt ...«

»Warum?«

»Nun, Mindes und seine Gruppe haben sich hier eingerichtet, als er gerade auf dem Sirius weilte. Er fand sie bei seiner Rückkehr vor. Natürlich kam das nicht ganz unerwartet für ihn. Die Pläne bestanden seit Jahren. Aber als es wirklich soweit war, versetzte es ihm doch einen Schock.«

»Versuchte er, Mindes wieder loszuwerden?«

»O nein, nichts dergleichen. Er trat ihm sogar freundschaftlich entgegen. Nur kam ihm dadurch schmerzlich zu Bewußtsein, daß er eines vielleicht nicht weit entfernten Tages selber abgelöst wird. Ich glaube, er sträubt sich mit Händen und Füßen gegen diesen Gedanken. Er sonnt sich zu gern in seiner Stellung, wo er bei jeder Gelegenheit über die Sirianer herziehen kann. Das ist *sein* Thema wissen Sie.«

Lucky nickte und fragte dann: »Sagen Sie, waren Sie jemals auf Ceres?«

Der plötzliche Themawechsel schien Dr. Cook zu überraschen. »Gelegentlich ja. Warum?«

»Mit Dr. Peverale? Oder allein?«

»Gewöhnlich mit ihm zusammen. Er besucht Ceres häufiger als ich.«

Lucky lächelte. »Waren Sie dort, als die Piraten im vergangenen Jahr Ceres angriffen?«

Auch Cook lächelte. »Nein, nur der alte Mann. Wir haben die Geschichte zur Genüge zu hören bekommen. Er ist praktisch nie krank, und ausgerechnet dieses eine Mal hatte es ihn erwischt. Er bekam von den Ereignissen überhaupt nichts zu sehen, worüber er sich mächtig ärgerte.«

»Ja, so spielt das Leben ... Kommen wir jetzt zur Hauptsache! Ich möchte Dr. Peverale nicht damit behelligen. Wie Sie schon sagten, ist er ein alter Mann. Sie sind sein Stellvertreter und sehr viel jünger ...« Lucky lächelte wieder.

»Ja, natürlich. Was kann ich für Sie tun?«

»Es handelt sich um die Bergwerke. Ich nehme an, daß irgendwo in der Kuppel Aufzeichnungen, Karten und Lagepläne aufbewahrt werden. Dokumente, aus denen wir den Verlauf der wichtigsten Schächte ersehen können. Wir können ja dort nicht aufs Geratewohl herumirren.«

»Ich glaube bestimmt, daß es sowas gibt«, bestätigte Cook.

»Und Sie können die Pläne besorgen? Und sie vielleicht mit uns zusammen prüfen?«

»Ja, natürlich.«

»Nun, Dr. Cook, ich hoffe, daß die Bergwerke noch gut erhalten sind. Ich meine, Ihres Wissens besteht doch keine Einsturzgefahr oder ähnliches?«

»O nein, das ist meiner Ansicht nach völlig unmöglich. Wir haben teilweise direkt über den Schächten gebaut und überzeugten uns vor der Errichtung des Observatoriums gründlich von ihrem Zustand. Die Schächte sind hervorragend abgestützt und völlig sicher, besonders unter der geringen Schwerkraft des Merkur.«

»Wie kam es denn überhaupt zur Schließung der Bergwerke?« wollte Bigman wisen.

»Eine gute Frage«, sagte Cook, und ein kleines Lächeln erhellte sein melancholisches Gesicht. »Es gibt zwei Erklärungen. Welche wollen Sie hören: die Wahrheit oder die sensationelle Legende?«

»Beide«, verlangte Bigman ohne Zögern.

Cook bot Zigaretten an. Als Lucky und sein Freund ablehnten, zündete er sich selbst eine an. »Also zuerst die Wahrheit! Der Merkur hat eine beachtliche Dichte, und so bestand die Hoffnung, daß er einen reichen Vorrat an Schwermetallen birgt: Blei, Silber, Quecksilber, Platin. Das stellte sich als richtig heraus. Die Vorräte waren nicht ganz so gewaltig wie erhofft, aber durchaus ergiebig. Leider erwies sich die Förderung als unwirtschaftlich. Der Abbau auf dem Merkur, verbunden mit dem teuren Erztransport zur Erde oder gar zum Mond zur Veredelung ließ den Endpreis unerträglich in die Höhe schnellen.«

Cook nahm einen tiefen Lungenzug. »Ganz anders stellt es die sensationelle Legende dar. Als das Observatorium vor 50 Jahren errichtet wurde, bereiteten die Bergwerke noch einen Haufen Sorgen, obwohl man bereits dabei war, einige Schächte stillzulegen. Die ersten Astronomen hörten allerlei Geschichten von den Bergleuten, die sie jedem Neuankömmling weitererzählten. Sie gehören heute zum Sagenschatz des Merkur.«

»Und was waren das für Geschichten?« fragte Bigman.

»Anscheinend kamen einige Bergleute unter Tage ums Leben.«

»Beim Mars!« rief Bigman ungeduldig. »Man kommt auch anderswo ums Leben. Niemand ist unsterblich.«

»Aber diese Männer erfroren!«

»So?«

»Und das war eigentlich unerklärlich. Denn die Schächte und Stollen wurden zu jener Zeit gut geheizt, und die Heizanlage war stets in Betrieb. Die Gerüchte um den seltsamen Erfrierungstod wurden, wie das so geht, immer mehr ausgeschmückt, und eines Tages war es so weit. Die Männer waren nur noch bereit, in Gruppen die Hauptstollen zu betreten, und weigerten sich, in Nebenstollen zu arbeiten. Das führte zur Schließung der Bergwerke.«

Lucky nickte. »Besorgen Sie uns jetzt die Unterlagen?«

»Auf der Stelle. Und auch neue Isolieranzüge.«

Man traf Vorbereitungen wie für eine größere Expedition. Die Isolieranzüge kamen, wurden getestet und zur Seite gelegt. Schließlich brauchten sie vorerst ja nur gewöhnliche Raumanzüge für die Nachtseite.

Gleich darauf trafen die Karten der Bergwerke ein. Mit Hilfe Cooks legte Lucky einen Weg ins Innere fest, wobei er sich vornehmlich an die Hauptschächte hielt.

Bigman blieb es vorbehalten, sich um das Verstauen von Nahrungsbrei und Wasser in die Zusatzeinheiten zu kümmen. (Beides konnte man später auch im Raumanzug zu sich nehmen.) Er überzeugte sich vom Funktionieren der Energieeinheiten und dem richtigen Druck in den Sauerstoffbehältern. Schließlich prüfte er den einwandfreien Zustand von Abfallaufbereiter und Feuchtigkeits-Umwandler.

Indessen begab sich Lucky für kurze Zeit zu seinem Schiff, der *Shooting Starr.* Auf dem Weg nach oben hatte er ein kleines Paket bei sich, über dessen Inhalt er nicht mit Bigman sprach. Bei der Rückkehr brachte er statt des Pakets zwei kleine Gegenstände mit, die wie dicke Gürtelschnallen aussahen. Sie waren aus stumpfglänzendem Stahl, leicht gebogen und wiesen in der Mitte ein glasigrotes Rechteck auf.

»Was ist das?« fragte Bigman.

«Mikroergometer«, erklärte Lucky. »Versuchsmodelle. Du weißt schon, wie die Ergometer im Raumschiff, nur daß die am Boden befestigt sind.«

»Was spüren diese Apparate auf?«

»Ihre Reichweite ist viel geringer als die 160.000 Kilometer der Raumschiff-Ergometer. Aber auf 16 Kilometer sollen sie Atomenergie anzeigen. Schau her, Bigman! So setzt man sie in Betrieb. Siehst du?«

Mit dem Daumennagel drückte Lucky auf einen

schmalen Seitenschlitz des Apparates. Ein Metallhaken wurde eingezogen und sprang dann wieder heraus. Gleich darauf begann das rote Rechteck zu glühen. Lucky hielt das kleine Ergometer in verschiedene Richtungen. In einer bestimmten Stellung glühte das rote Rechteck hell auf.

»Das«, erklärte Lucky, »ist wahrscheinlich die Richtung, in der sich das Kraftwerk der Kuppel befindet. Wir können den Apparat nun so einstellen, daß er von dem Kraftwerk keine Notiz mehr nimmt. Es ist ein bißchen schwierig.« Dabei arbeitete er angestrengt an zwei winzigen, fast unsichtbaren Kontrollen.

Und er lächelte dabei. Sein sympathisches, junges Gesicht strahlte vor Vergnügen. »Weißt du, Bigman, immer wenn ich Onkel Hector besuche, schenkt er mir die neuesten Erfindungen des Wissenschaftsrates. Er meint, bei unseren gefährlichen Unternehmungen brauchten wir sie bestimmt einmal. Ich glaube allerdings, er benutzt uns einfach als Tester für seine neuen Geräte. Aber dies hier könnte sich wirklich als nützlich erweisen.«

»Wie denn, Lucky?«

»Erstens, Bigman, falls sich wirklich Sirianer in den Bergwerken aufhalten, dann haben sie mit Sicherheit ein kleines Kernkraftwerk. Sie brauchen es unbedingt. Als Wärmeerzeuger, für Wasserelektrolyse und so weiter. Dieses Ergometer wird es aus gehöriger Entfernung melden. Und zweitens ...«

Er schwieg unvermittelt, und Bigman preßte enttäuscht die Lippen aufeinander. Er wußte, was das plötzliche Schweigen bedeutete. Lucky verfolgte Gedankengänge, von denen er später behaupten würde, er habe sie noch nicht in Worte fassen können.

»Ist ein Ergometer für mich bestimmt?« fragte er.

»Na, klar«, antwortete Lucky und warf ihm eins zu. Bigman fing es geschickt auf.

*

Als sie in ihren Raumanzügen, die Helme unter dem Arm, aus dem Quartier kamen, trafen sie Hanley Cook, der schon wartete.

Ich werde Sie zum nächsten Schachteinstieg bringen«, sagte er.

»Vielen Dank«, erwiderte Lucky.

In der Kuppel näherte man sich dem Ende der Schlafzeit. Wo immer Menschen wohnen, halten sie nach dem Vorbild ihrer Heimat Erde einen gleichmäßigen Wechsel von Wach- und Schlafzeiten ein, auch wenn es in ihrer Umgebung weder Tag noch Nacht gibt. Lucky hatte den Beginn ihrer Expedition mit Absicht so gelegt, daß ihnen kein Schwarm neugieriger Zuschauer zum Einstieg folgen konnte. Dabei hatte sie auch Dr. Peverale unterstützt.

Die weiten Gänge der Kuppel lagen verlassen. Matt schimmerte die Nachtbeleuchtung. In der fast körperlich greifbaren Stille klangen ihre Schritte unnatürlich laut.

Plötzlich blieb Cook stehen. »Das ist Eingang zwei.«

Lucky nickte. »Okay. Auf baldiges Wiedersehen.«

»Das hoffe ich auch.«

Während Lucky und Bigman ihre Helme aufsetzten und die Schrauben entlang der paramagnetischen Nähte fest anzogen, öffnete Cook mit dem ihm eigenen düsteren Ernst das Schloß der Einstiegluke. Lucky atmete die komprimierte Luft fast lustvoll ein, so sehr war er bereits an sie gewöhnt.

Gefolgt von Bigman, stieg Lucky in die Luftschleuse. Hinter ihnen schloß sich die Wand.

»Fertig, Bigman?« vergewisserte sich Lucky.

»Kannst dich drauf verlassen, Lucky.« Lucky hörte Bigmans Antwort in seinem Kopfhörer. Sein kleiner Begleiter war nur ein Schatten in dem äußerst trüben Licht der Schleuse.

Dann öffnete sich die gegenüberliegende Wand. Sie spürten, wie die Luft ins Vakuum verpuffte und gingen durch die Öffnung.

Ein Griff an die Außenkontrollen und die Wand schloß sich wieder hinter ihnen, um sie endgültig von der letzten Lichtquelle abzuschneiden.

In völliger Dunkelheit standen sie in dem verlassenen, totenstillen Bergwerk des Merkur.

VII

IN DEN MERKURMINEN

Sie schalteten ihre Anzuglampen an, und die Dunkelheit wich ein kurzes Stück zurück. Der scharf begrenzte Lichtstrahl enthüllte einen Abschnitt des Tunnels, der weiter entfernt mehr und mehr in stockfinsterer Schwärze ertrank. Die Lichtstrahlen waren, wie immer im Vakuum, scharf begrenzt.

Entschlossen traten der große Mann von der Erde und sein kleiner Begleiter vom Mars ihren Weg in die Tiefen des Merkur an.

Neugierig betrachtete Bigman den Tunnel im Licht ihrer Scheinwerfer und fand, daß er denen, die er auf dem Mond gesehen hatte, sehr ähnelte. Mit Hilfe von Großblastern und Desintegrationsverfahren hatte man ein schnurgerades, glattgeformtes Gewölbe geschaffen. Die gerundeten Wände verschmolzen mit der Felsdecke. Der Schacht war von ovalem Querschnitt und oben und unten leicht abgeplattet, was ihn besonders stabil machte.

Durch die Luft in seinem Raumanzug vernahm Bigman das Geräusch der eigenen Schritte. Luckys Schritte spürte er dagegen nur als ein leichtes Vibrieren im Fels. Man konnte es nicht als Geräusch bezeichnen. Aber für einen Menschen, der den größten Teil seines Lebens im luftleeren oder fast luftleeren Raum verbracht hatte, machte das kaum einen Unterschied. Er konnte das Vibrieren des festen Gesteins »hören«, wie ein normaler Erdenmensch das Vibrieren der Luft hört, das man »Schall« nennt.

In Abständen kamen sie an Felssäulen vorbei, die man stehengelasse hatte, um den Tunnel gegen das Gewicht des darüberliegenden Gesteins abzustützen. Auch das war wie in den Mondbergwerken, nur daß es hier mehr und dickere Säulen gab. Verständlich, denn die Schwerkraft des Merkur, so gering sie auch war, war immer noch zweieinhalbmal so groß, wie die des Mondes.

Von dem Hauptschacht, durch den sie wanderten, zweigten Seitenstollen ab. Lucky schien es nicht eilig zu haben. Denn er blieb an jeder Öffnung stehen und verglich ihre Lage mit den Angaben auf der Karte.

Überall sah man die Spuren einstiger menschlicher Tätigkeit, und dieser Anblick stimmte Bigman melancholisch. Da waren noch die Bolzen, an denen einmal Leuchtplatten gehangen und die Gänge taghell erleuchtet hatten. Er erkannte die schwachen Spuren, wo früher paramagnetische Relais die Erzloren gezogen hatten. In den vereinzelten seitlichen Ausbuchtungen mußten sich Speiseräume für die Arbeiter oder Labors für die Untersuchungen von Gesteinsproben befunden haben.

Alle diese Einrichtungen waren abmontiert und verschwunden. Überall war nur nackter Fels geblieben.

Aber Bigman gab sich nicht lange trüben Gedanken hin. Viel mehr mißfiel ihm, daß sich hier unten nichts ereignete. Schließlich war er nicht hergekommen, um spazieren zu gehen.

»Lucky«, sagte er, »das Ergometer zeigt nichts an.«

»Ich weiß, Bigman. Umschalten.«

Lucky sagte es leichthin, ohne jede Betonung, aber Bigman wußte sofort, was er meinte. Er drehte den Schaltknopf seines Sprechgeräts bis zu jener Marke, die den Stromkreis für den Zerhacker einschaltete. Der Zerhacker gehörte nicht zur Standardausrüstung des Anzugs, aber für Lucky und Bigman war er zur Selbstverständlichkeit geworden. Bigman hatte das Zusatzgerät wie gewohnt in ihren Anzügen angebracht.

Sein Herz schlug ein wenig schneller. Wenn Lucky

eine Sprechverbindung mit ihm wünschte, die kein Dritter abhören konnte, dann mußte Gefahr im Verzuge sein.

»Was ist los, Lucky?« fragte er.

»Zeit, daß wir uns unterhalten.« Luckys Stimme klang ein wenig fremd – so, als käme sie aus allen Richtungen zugleich. Das lag an den unvermeidlichen Verzerrungen des Zerhackers.

»Das hier ist nach der Karte Tunnel 7a«, sagte Lucky. »Er führt fast geradeaus zu einem der Vertikalschächte, durch die man an die Oberfläche gelangt. Da gehe ich jetzt hin.«

»Was?« fragte Bigman erstaunt. »Warum denn, Lucky?«

Lucky lachte leise. »Um an die Oberfläche zu kommen. Warum sonst?«

»Aber zu welchem Zweck?«

»Ich will oben zum Hangar, in dem die *Shooting Starr* steht. Als ich das letztemal beim Schiff war, habe ich den neuen Isolieranzug hingebracht.«

Bigman verdaute das und sagte dann langsam: »Soll das heißen, daß du zur Sonnenseite willst?«

»Ja. Genau das habe ich vor. Verlaufen kann ich mich ja nicht, weil ich nur auf das Koronalicht am Horizont zuzugehen brauche. Ganz einfache Sache.«

»Laß den Quatsch, Lucky, ich bitte dich! Ich dachte immer, die Sirianer stecken in den Bergwerken. Hast du das nicht selber beim Bankett bewiesen.«

»Nein, Bigman, bewiesen habe ich nichts. Ich habe nur so gesprochen, als sei es schon bewiesene Tatsache.«

»Und warum hast du mich nicht vorher in deinen Plan eingeweiht?«

»Das haben wir schon einmal diskutiert. Ich will nicht noch mal darauf eingehen. Ich kann einfach nicht riskieren, daß zur Unzeit dein Temperament mit dir durchgeht. Hätte ich dir gesagt, daß unser Ausflug in die Bergwerke nur ein Vorwand ist und Cook hätte dich aus irgendeinem Grunde gereizt, dann wärst du doch mit der Wahrheit herausgeplatzt.«

»Das hätte ich bestimmt nicht getan, Lucky. Du willst einfach alles für dich behalten, bis du ganz klar siehst.«

»Das trifft natürlich auch zu«, bestätigte Lucky. »Jedenfalls haben wir nun folgende Lage. Ich wollte, daß mich jeder in den Schächten der Bergwerke glaubt. Niemand sollte auch nur auf die Idee kommen, daß ich die Absicht habe, die Sonnenseite zu besuchen. Um ganz sicher zu gehen, durfte ich auch dich nicht einweihen.«

»Kannst du mir wenigstens jetzt sagen, was du auf der Sonnenseite willst? Oder ist das noch ein Geheimnis?«

»Soviel kann ich dir sagen: ich habe den starken Verdacht, daß jemand aus der Kuppel hinter den ganzen Sabotageakten steckt. Ich glaube nicht an die Theorie mit den Sirianern.«

Bigman war enttäuscht. »Du meinst, es ist niemand hier unten in den Schächten?«

»Ich kann mich natürlich irren. Aber ich bin derselben Ansicht wie Dr. Cook. Es ist einfach zu unwahrscheinlich, daß die Sirianer all die Anstrengungen unternehmen, die ein geheimer Stützpunkt auf dem Merkur erfordert, nur um so ein bißchen Sabotage zu treiben. Wenn sie das wollten, wäre es doch viel bequemer, einen Erdenmenschen durch Bestechung dazu zu verleiten. Überhaupt, wer hat denn die Isolieranzüge aufgeschlitzt? Das kann man doch nun wirklich nicht den Sirianern in die Schuhe schieben. Nicht einmal Dr. Peverale behauptet, daß es Sirianer in der Kuppel gibt.«

»Dann suchst du also einen Verräter, Lucky?«

»Ich suche den Saboteur. Vielleicht ist es ein Verräter im Solde des Sirius. Oder er arbeitet auf eigene Kappe. Ich hoffe, auf der Sonnenseite die Antwort zu finden. Wenn alles gut geht, wird mein Tarnmanöver mit dem Besuch der Bergwerke den Schuldigen so täuschen, daß er nicht daran denkt, auf Tauchstation zu gehen oder eine Falle für mich vorzubereiten.«

»Was glaubst du denn zu finden?«

»Das weiß ich, wenn ich es finde.«

»Okay«, sagte Bigman. »Du hast mich überzeugt, Lucky. Machen wir uns auf den Weg!«

»Halt mal«, rief Lucky, ernsthaft verblüfft. »Heilige Galaxis! Ich sagte, *ich* gehe. Wir haben nur einen Isolieranzug im Schiff. Du bleibst hier, mein Junge.«

Erst jetzt wurde Bigman bewußt, daß Lucky in den letzten Minuten ständig »ich« statt des gewohnten »wir« gesagt hatte. Im Vertrauen auf ihre lange Zusammenarbeit hatte er das »ich« unwillkürlich in »wir« übersetzt.

»Lucky!« rief er, von Enttäuschung und Empörung fast überwältigt, »warum soll ich hier bleiben?«

»Weil die Männer in der Kuppel davon überzeugt werden sollen, daß wir beide hier unten sind. Du nimmst die Karte und schlägst den Weg ein, den wir besprochen haben – oder einen ähnlichen. Jede Stunde meldest du dich bei Cook. Gib ihm deinen Standpunkt durch und was du gerade siehst. Einfach die Wahrheit! Du brauchst ihm nichts vorzulügen – nur mußt du ihm klarmachen, daß ich bei dir bin.«

Bigman überlegte. »Ja, gut, aber wenn jemand mit dir sprechen will?«

»Dann sagst du einfach, ich hätte zu tun. Oder du schreist plötzlich, du hättest einen Sirianer vorbeiflitzen sehen und müßtest das Gespräch abbrechen, um dich zu vergewissern, ob es wirklich einer war. Denk dir irgend etwas aus! Wichtig ist nur, daß sie mich hier unten vermuten. Klar?«

»All right. Heiliger Mars, du gehst also zur Sonnenseite und hast das ganze Vergnügen allein, während ich hier unten im Dunkeln rumstolpere und Theater spielen muß!«

»Laß bloß den Kopf nicht hängen, Bigman! Vielleicht haust wirklich jemand in den Bergwerken. Meine Idee braucht ja nicht unbedingt richtig zu sein.«

»Ach was, ich möchte wetten, daß du recht hast. Hier unten ist nichts zu finden.«

Lucky konnte der Gelegenheit zu einem Scherz nicht widerstehen. »Da sind die rätselhaften Fälle von Erfrierungstod, von denen Cook erzählte. Vielleicht kannst du sie aufklären.«

Bigman fand die Bemerkung gar nicht komisch. »Ach, halt den Mund!«

Sie schwiegen ein paar Sekunden. Dann legte Lucky seinem Freund die Hand auf die Schulter. »All right, das war ein schlechter Scherz, Bigman. Tut mir leid. Aber nun, wirklich, Kopf hoch! In Nullkommanichts sind wir wieder beisammen. Das weißt du doch!«

Bigman stieß Luckys Hand weg. »Schon gut. Schmiere mir ruhig Honig um's Maul! Du sagst, ich soll hierbleiben, also bleibe ich hier. Aber du wirst schon sehen, was du davon hast. Wahrscheinlich bekommst du einen Sonnenstich, weil ich nicht auf dich aufpassen kann, du großer Ochse.«

Lucky lachte. »Ich werde vorsichtig sein.« Er wandte sich zum Gehen. Aber er hatte noch keine zwei Schritte in den Tunnel 7a gemacht, als Bigman ihn zurückrief: »Lucky!«

Lucky blieb stehen. »Was ist?«

Bigman räusperte sich. »Hör mal! Sei ein bißchen vorsichtig, ja? Du weißt, ich bin nicht bei dir, um dir im Notfall aus der Klemme zu helfen.«

»Jetzt kommst du mir vor wie Onkel Hector«, sagte Lucky. »Wie wär's denn, wenn du erst mal deine eigenen Ratschläge befolgtest?«

Das war so ihre Art, die Sympathie, die sie füreinander empfanden, auszudrücken. Lucky winkte zum Abschied und stand noch einen Augenblick im Licht von Bigmans Helmlampe. Dann wandte er sich ab und ging los.

Bigman sah ihm nach, wie er allmählich von den Schatten aufgesogen wurde, um dann endgültig hinter einer Biegung des Tunnels zu verschwinden.

Plötzlich empfand er die absolute Stille und die Dunkelheit doppelt stark. Einen anderen hätte das Gefühl der Verlassenheit und völligen Einsamkeit überwältigt.

Aber doch nicht einen John Bigman Jones! Er schob das Kinn vor, biß die Zähne zusammen und marschierte mit festem Schritt den Haupttunnel entlang.

*

15 Minuten später rief Bigman die Kuppel zum erstenmal. Er war ziemlich ärgerlich.

Wie hatte er nur jemals glauben können, daß Lucky ernsthaft mit abenteuerlichen Begegnungen in den Schächten rechnete? Würde er regelmäßige Funkkontakte verabredet haben, wenn er wirklich an Sirianer geglaubt hätte? Die hätten doch alles mitangehört!

Sie unterhielten sich zwar über Richtstrahl, aber unverschlüsselt. Und kein Richtstrahl war so eng gebündelt, daß man ihn nicht mit Geduld und Geschick auffangen konnte.

Er fragte sich, warum Cock eigentlich keine Einwände erhoben hatte. Fast gleichzeitig schoß in ihm der Verdacht hoch, daß auch Cook nicht an die Sirianer glaubte. Nur Bigman, der Überschlaue, war darauf hereingefallen!

Bei diesem Gedanken hätte er vor Wut über sich selbst in den Felsen beißen können.

Er peilte Cook an und gab das verabredete Codezeichen für »Alles klar« durch.

Unverzüglich kam Cooks Antwort. »Alles klar?«

»Beim Mars, ja! Lucky ist sechs Meter vor mir, und bisher hat sich hier nichts geregt. Hören Sie, wenn ich das nächstemal das Signal ›alles klar‹ durchgebe, brauchen Sie nicht noch mal rückzufragen, ob wirklich alles klar ist!«

»Geben Sie mir Lucky Starr!«

»Wozu denn?« Bigman bemühte sich, gleichgültig zu sprechen. »Beim nächstenmal.«

Nach kurzem Zögern war Cook einverstanden. »Gut.«

Bigman nickte grimmig. Ein nächstes Mal würde es nicht geben. Er würde nur das Codezeichen »alles klar« senden, und damit hatte es sich.

Allerdings ... wie lange sollte er eigentlich im Dunkeln umherwandern, bis Lucky von sich hören ließ? Eine Stunde? Zwei? Sechs? Was, wenn er nach sechs Stunden noch keine Nachricht hatte? Wie lange sollte er dann hier bleiben? Wie lange *konnte* er bleiben?

Und wenn Cook Genaueres wissen wollte? Lucky hatte ihm empfohlen, einfach irgendwelche Beobachtungen zu erfinden. Wenn der andere nun Lunte roch und ihn durchschaute? Wenn er, Bigman, sich verplapperte und versehentlich Luckys Ausflug zur Sonnenseite verriet? Lucky würde ihn nie wieder ins Vertrauen ziehen! Bei keiner Gelegenheit!

Er verdrängte diese unangenehmen Gedanken. Es hatte keinen Sinn, den Teufel an die Wand zu malen.

Wenn es nur irgendeine Abwechslung gäbe! Etwas anderes außer Dunkelheit und luftleeren Raum, dem schwachen Vibrieren des Gesteins unter seinen Schritten und dem Geräusch des eigenen Luftholens.

Er blieb stehen, um seinen Standort zu bestimmen. Die Nummern und Buchstaben der Nebenstollen waren scharf in die Wände eingekerbt, und die Zeit hatte den Zeichen nichts anhaben können. Das machte die Orientierung leicht.

Allerdings erschwerten die niedrigen Temperaturen den Umgang mit der steifgefrorenen Karte. Er richtete seine Lampe auf die Schalter vor seiner Brust, um den Feuchtigkeitsregler zu bedienen. Die Gesichtsscheibe im Helm war innen durch den Atem schon stark beschlagen. Wahrscheinlich hatte seine Erregung die Innentemperatur merklich erhöht.

Er drehte am Feuchtigkeitsregler. Dann neigte er den Kopf zu Seite, als spitze er die Ohren.

Und genau das tat er auch. Er lauschte dem Rhythmus

der schwachen Bodenvibrationen, die ihm erst jetzt auffielen, weil seine eigenen Schritte verstummt waren.

Er hielt den Atem an und stand so bewegungslos wie die Steinwand des Tunnels.

»Lucky?« hauchte er in sein Mikrofon. »Lucky?« Mit der rechten Hand hatte er den Zerhacker eingeschaltet. Kein anderer als Lucky konnte sein Flüstern deuten, und bald würde er Luckys Antwort hören. Widerwillig gestand sich Bigman ein, wie sehr er sich nach dieser Stimme sehnte.

»Lucky?« wisperte er noch einmal.

Weiterhin vibrierte der Boden, aber es kam keine Antwort.

Bigman atmete schneller, zuerst vor Spannung, dann mit der wilden erregten Freude, die immer Besitz von ihm ergriff, wenn er drohende Gefahren spürte.

Da war noch jemand in den Tunnelschächten des Merkur – und es war nicht Lucky!

Aber wer? Ein Sirianer? Hatte Lucky beim Bankett unwillkürlich doch das Richtige gesagt?

Vielleicht.

Bigman zog seinen Blaster und schaltete die Helmlampe aus.

Hatten sie ihn entdeckt? Kamen sie jetzt, um ihn einzufangen?

Das Vibrieren konnte nicht von mehreren Wesen stammen, nicht einmal von zwei oder drei. Die deutlich voneinander abgesetzten »Geräusche« deuteten unverkennbar auf den Schritt eines Einzelnen, der in gleichmäßigem Rhythmus näherkam.

Und mit einem Einzelnen nahm es Bigman jederzeit und an jedem Ort auf!

Bigman streckte die Hand aus und berührte die Wand, die ihm näher kam. Sofort waren die Schwingungen deutlicher zu spüren. Aus dieser Richtung kam der Unbekannte also!

Mit der Hand immer an der Wand entlang tastend,

schob sich Bigman ruhig in der Dunkelheit vorwärts. Die Schwingungen verrieten ihm durch ihren gleichmäßigen Takt, daß der andere sich keiner Gefahr bewußt war. Entweder glaubte er, allein im Bergwerk zu sein, wie es bis vor wenigen Sekunden Bigman von sich angenommen hatte, oder er verfolgte Bigman, hatte aber keine Ahnung von den physikalischen Verhältnissen im Vakuum.

Bigmans eigene Schritte erzeugten kaum noch Vibrationen, denn er schlich wie eine Katze. Die des anderen blieben gleichmäßig stark. Bigman war sich jetzt ganz sicher, daß der andere völlig ahnungslos näherkam.

An der nächsten Kreuzung wandte er sich nach rechts und schlich, die Fingerspitzen an der Wand, dem anderen entgegen.

Und dann blitzte vor ihm in einiger Entfernung ein blendend heller Lichtstrahl auf, der langsam über den Boden auf Bigman zukroch. Bigman lehnte sich eng an die Wand und erstarrte.

Und da verschwand das Licht. Der andere war an dem Tunnel, in dem Bigman sich befand, vorbeigegangen. Er bewegte sich in anderer Richtung weiter.

Auf leisen Sohlen eilte Bigman vorwärts. Er würde die Kreuzung der Tunnelgänge finden und dann im Rücken des anderen sein.

Und schließlich würde er ihn stellen. Er, Bigman, als Vertreter der Erde, und der Feind als Vertreter – wessen?

VII

DER FEIND IM TUNNEL

Bigman hatte richtig kalkuliert. Als er an die Kreuzung kam, sah er das Licht des anderen vor sich auf und ab tanzen. Ein klarer Beweis, daß dieser nichts von einem Verfolger ahnte.

Bigman hielt den Blaster schußbereit in der Hand. Wahrscheinlich hätte er bereits geschossen, wenn ihn nicht eine Überlegung daran hinderte: Tote reden nicht, und tote Feinde geben ihr Geheimnis nicht mehr preis.

Mit katzenhafter Geduld folgte er dem Licht, kam allmählich näher und versuchte, sich über die Natur seines Feindes klarzuwerden.

Den Blaster auf den Feind gerichtet, stellte er den Schalter seines Funkgeräts auf allgemeinen Sprechverkehr bei kurzer Entfernung ein. Zwar war es möglich, daß der Feind Bigmans Sendefrequenzen nicht empfangen konnte. Möglich schon, aber sehr unwahrscheinlich!

Doch auch im anderen Falle konnte sich Bigman leicht bemerkbar machen. Ein Strahlerschuß gegen die Wand war stets ein überzeugendes Argument. Ein Strahler verbreitete unweigerlich Respekt. Seine Sprache war einfach, aber für jedermann verständlich.

»Stopp!« sagte Bigman und bemühte sich, stählerne Härte in seine Tenorstimme zu legen. »Bleib da stehen, wo du bist, und dreh dich nicht um! Du stehst vor einem schußbereiten Blaster!«

Dabei schaltete er seine eigene Lampe ein und sah in ihrem Schein, daß der Feind zu einer Salzsäule erstarrte und keinen Versuch unternahm herumzuwirbeln. Daraus schloß Bigman, daß er seine Botschaft empfangen hatte.

»Dreh dich jetzt um, aber langsam!«

Während die Gestalt gehorchte, hielt Bigman den Blaster im Lichtkegel seiner Lampe, so daß der Feind die großkalibrige Waffe gut sehen konnte.

Zu allem Überfluß sagte Bigman drohend: »Dieser Blaster ist scharf geladen. Ich habe mit ihm schon Menschen erschossen, und ich bin ein todsicherer Schütze.«

Gans offensichtlich hörte und verstand der Feind jedes Wort, denn sein Kopf fuhr herum, und sein Arm zuckte hoch, als wolle er damit die tödliche Gefahr abwehren.

Inzwischen betrachtete Bigman aufmerksam den Anzug des Feindes. Er sah durchaus konventionell aus. Benutzten die Sirianer solche bekannten Modelle?

»Bist du auf meiner Radiofrequenz?« fragte Bigman knapp.

Als er die Antwort im Kopfhörer vernahm, gab es ihm einen Ruck. Obwohl das Gerät die Stimme verzerrte, erkannte er sie sofort. Sie sagte: »Frequenz Paula Wilhelm, stimmt's?«

Noch nie im Leben hätte Bigman lieber geschossen. Er brauchte seine ganze Selbstbeherrschung, um den Wunsch zu unterdrücken.

Als Folge davon sprang die Mündung plötzlich in die Höhe, und die Gestalt vor ihm duckte sich rasch zur anderen Seite.

»Urtel!« rief Bigman.

Eben noch überrascht, war er jetzt tief enttäuscht. Kein Sirianer! Nur Urtel!

Und bohrendes Mißtrauen: Was machte Urtel hier?

»Ja, Sie haben recht, ich bin Urtel. Sie können Ihre Erbsenbüchse wieder einstecken.«

»Wann ich den Blaster wegstecke, entscheide ich selber«, sagte Bigman. »Was tun Sie hier?«

»Die Bergwerksschächte des Merkur sind doch wohl nicht Ihr Privateigentum.«

»Solange ich den Blaster in der Hand halte, sind sie es, Sie fetter Angeber!« Bigman überlegte fieberhaft. Wie sollte er dieses giftige Stinktier behandeln? Wenn er ihn in die Kuppel zurückbrachte, würde bekannt werden, daß Lucky nicht in den Bergwerken war. Bigman könnte ihnen zwar weismachen, daß Lucky sich in einem anderen Tunnel aufgehalten hatte. Aber das würde entweder Mißtrauen oder Besorgnis erregen, wenn Lucky sich nicht bald meldete. Und welchen Verbrechens sollte er Urtel bezichtigen? Jeder durfte schließlich die Stollen betreten.

Andererseits konnte er den Mann nicht ewig mit gezogenem Strahler in Schach halten.

Bigman kam zu keinem Entschluß.

Ja, wenn Lucky hier wäre, würde er wissen …

Als könne Urtel seine Gedanken lesen, fragte er ihn plötzlich: »Wo ist denn eigentlich Starr?«

»Das geht Sie überhaupt nichts an«, antwortete Bigman. Ein Gedanke schoß ihm durch den Kopf. »sie haben uns verfolgt, stimmt's?« Und seine Hand mit dem Strahler schob sich näher an Urtel heran, als könne er dem anderen so eine wahrheitsgemäße Antwort entlocken.

Im Strahl von Bigmans Lampe folgte der hinter der Helmscheibe verborgene Kopf des anderen den Blaster. »Und wenn es so wäre?« sagte Urtel.

Auch so kam er nicht weiter.

»Sie waren in einem Nebenstollen«, fuhr Bigman fort. »Sie wollten in unseren Rücken gelangen.«

»Na und?« Urtels Stimme klang so entspannt, als fühle er sich vor der Mündung der Strahlwaffe saumäßig wohl. »Aber wo ist denn nun Ihr Freund? Hier in der Nähe?«

»Zerbrechen Sie sich darüber nicht den Kopf! Es genügt, wenn ich es weiß.«

»Ich mache mir aber Gedanken um ihn. Rufen Sie ihn doch mal! Ihr Sender ist auf kurze Entfernung eingeschaltet, sonst würde ich Sie nicht so klar empfangen. Sie haben doch nichts dagegen, wenn ich meine Trinkdüse öffne? Ich habe Durst.« Langsam hob er die Hand.

»Vorsicht!« mahnte Bigman.

»Nur einen Schluck!«

Bigman beobachtete ihn scharf. Er schloß die Möglichkeit aus, daß Urtel durch Schaltung eine Waffe auslösen konnte. Aber wenn der andere plötzlich seine Lampe auf die höchste Helligkeitsstufe brachte und ihn blendete! Oder wenn er … nun, was auch immer …

Während Bigman noch unentschlossen verharrte, hatte Urtel einen Schaltknopf gedreht, und nun war ein Schluckgeräusch zu vernehmen.

»Angst gehabt?« fragte Urtel kühl.

Bigman fand keine passende Antwort.

Urtels Stimme wurde schneidend. »Rufen Sie endlich Ihren Freund! Rufen Sie Starr!«

Unwillkürlich reagierte Bigmans Hand. Sie bewegte sich zur Schalttafel, hielt aber gleich wieder inne.

Urtel lachte. »Jetzt hätten Sie beinahe Ihren Sender umgeschaltet, wie? Sie brauchen Fernübertragung. Er ist also gar nicht in unserer Nähe, nicht wahr?«

»Lassen Sie den Unsinn!« rief Bigman hitzig. Ärger nagte an ihm. Diese vollgefressene Giftschlange Urtel war raffiniert. Da stand er wehrlos vor seinem Strahler und war ihm trotzdem überlegen. Kein Zweifel, Urtel war jederzeit Herr der Lage. Dagegen wurde Bigmans Position mit jeder Sekunde schwächer. Ihm waren die Hände gebunden. Er konnte weder schießen noch die Waffe in die Halfter schieben, weder weggehen noch bleiben. Eine unhaltbare Lage.

Wieder beschlich ihn die Versuchung: Warum eigentlich nicht schießen?

Aber da wußte er schon, daß er nicht schießen durfte. Er würde später keinen vernünftigen Grund dafür angeben können. Und selbst wenn es ihm gelang, sich herauszureden, würde der gewaltsame Tod von Senator Swensons bestem Mann ungeheures Aufsehen erregen und dem Wissenschaftsrat schweren Schaden zufügen. Und auch Lucky!

Wenn Lucky doch nur hier wäre ...

Und dann tat sein Herz einen schnelleren Schlag. Denn der Lichtstrahl des anderen hob sich ein wenig, und Bigman hörte Urtel sagen: »Nein, ich habe mich doch geirrt. Sie hatten recht. Da kommt er ja ...«

Bigman wirbelte herum. »Lucky ...«

Normalerweise hätte Bigman sich nicht umgedreht, sondern ruhig abgewartet, bis Lucky ihm den Arm um die Schultern gelegt hätte. Aber die Erregung gestattete ihm keine normale Handlung. Seine Lage war unmöglich. Mit allen Fasern seines Herzens strebte er nach einer Lösung.

Er hatte nur Zeit, einmal den Namen seines Freundes zu rufen, dann ging er schon unter dem Anprall eines Körpers zu Boden, der doppelt so schwer war wie er.

Ein paar Sekunden lang klammerte er sich noch an den Blaster. Aber dann zerrten starke Finger an seiner Hand und verdrehten ihm die Finger. Bigman bekam kaum noch Luft. Der Überraschungsangriff hatte ihn völlig verwirrt. Er mußte die Waffe loslassen. Sie schlitterte über den Boden.

Plötzlich fühlte Bigman, daß der massige Urtel nicht mehr auf ihm lag. Er wälzte sich herum und versuchte, auf die Beine zu kommen. Doch da blickte er in die Mündung seiner eigenen Waffe, die Urtel auf ihn richtete.

»Ich habe zwar einen eigenen Blaster«, sagte Urtel finster, »aber ich denke, ich benutze lieber Ihren. Keine Bewegung! Bleiben Sie so! Auf allen vieren. So ist's recht.«

Nie im Leben hatte sich Bigman so geschämt. Sich so austricksen zu lassen! Ja, er hatte es verdient zu sterben. Und er wollte auch lieber tot sein, als Lucky in die Augen blicken und gestehen zu müssen: »Er schaute auf einen Punkt hinter meinem Rücken und sagte: ›Da kommt er ja ...‹ Da drehte ich mich um und ...«

»Schießen Sie doch, wenn Sie den Nerv dazu haben!« sagte er mit erstickter Stimme. »Schießen Sie! Aber dann wird Lucky Ihnen keine Ruhe lassen, bis er Sie für den Rest des Lebens in ein Zuchthaus auf dem kleinsten und kältesten Asteroiden gebracht hat.«

»Ach ja? Das wird Lucky tun? Wo ist er denn?«

»Suchen Sie ihn doch!«

»Ich finde ihn schon. Denn Sie werden mir sagen, wo er ist. Und auch, warum Sie in die Bergwerke gestiegen sind. Was sucht er hier?«

»Die Sirianer. Sie haben es doch von ihm selber gehört.«

»Unsinn!« knurrte Urtel. »Daran mag vielleicht dieser senile Schwachkopf Peverale glauben, aber doch nicht Ihr Freund! Nicht mal, wenn er so wenig Gehirn hätte wie Sie. Er kam aus einem anderen Grund her, und den werden Sie mir verraten.«

»Warum sollte ich?«

»Um Ihr erbärmliches Leben zu retten.«

»Damit kriegen Sie mich nicht zum Reden«, sagte Bigman, sprang auf die Füße und ging einen Schritt auf Urtel zu.

Der wich so weit zurück, bis er mit dem Rücken gegen die Wand stand. »Noch eine Bewegung, und ich schieße Sie nieder. Mit Vergnügen sogar. So wichtig sind mir die Informationen nun auch wieder nicht, die Sie mir geben können. Sie würden mir nur ein wenig Zeit ersparen, mehr nicht. Wenn ich mich deswegen fünf Minuten mit Ihnen abgeben muß, ist das schon zu viel. Ich will Ihnen sagen, was ich glaube. Das wird Sie und Ihren Zinnsoldaten-Helden Starr lehren, daß Sie mich nicht zum Narren halten können. Ihr bringt doch höchstens ein paar armselige Messertricks gegen einen unbewaffneten Mann zustande.

Aha, dachte Bigman, *das* hat ihn also doch schwer getroffen! Ich habe ihn vor den Jungen tüchtig blamiert, und jetzt will er, daß ich vor ihm zu Kreuze krieche.

»Wenn Sie so weiterquatschen«, sagte er verächtlich, »dann schießen Sie mich lieber über den Haufen. Ich möchte eher totgeschossen als totgequatscht werden.«

»Fordern Sie mich nicht heraus, Kleiner! Wissen Sie überhaupt, was gespielt wird? Senator Swenson ist dabei, den Wissenschaftsrat zu zerbrechen. Und Sie sind doch nur eine ganz kleine Nummer. Eine Null hinterm Komma. Ihr Freund Starr ist auch kaum wichtiger. Ein Handlanger! Ich dagegen komme jetzt ganz groß raus. Wir haben den Rat da, wo wir ihn hinhaben wollten. Die Menschen der Erde wissen jetzt, daß der Rat vor Korruption stinkt, daß seine Beamten das Geld der Steuerzahler zum Fenster rausschmeißen oder es sich in die eigene Tasche stecken ...«

»Das ist eine dreckige Lüge!« unterbrach ihn Bigman.

»Überlassen wir das ruhig dem Volk zu entscheiden. Sobald wir einmal die faulen Propagandaballons des Rates angestochen haben, wird man schon sehen, wie das Volk darüber denkt.«

»Versuchen Sie es nur!«

»Keine Sorge, wir sind fest entschlossen. Und der Erfolg ist uns sicher. Unser Beweis Nummer eins: Ihr beide in den Bergwerkstunnels. Ich weiß, warum ihr hier seid! Die Sirianer! Ha! Starr hat Peverale dazu angestiftet, diese Geschichte zum besten zu geben. Oder falls nicht, dann hat er sie eben für seine Zwecke benutzt. Ich werde Ihnen sagen, was ihr beide hier unten vorhabt! Ihr wollt so tun, als ob Sirianer hiergewesen wären. Ihr wollt hier ein gefälschtes Sirianerlager aufbauen, um die Leute hinters Licht zu führen. ›Ich habe sie ganz allein vom Merkur verjagt‹, wird Starr dann prahlen. ›Ich, Lucky Starr, der Superheld!‹ Die Ingenieure bauschen die Sache dann ordentlich auf, und der Rat läßt das Projekt Licht sanft einschlafen. Sie haben rausgemolken, was zu holen war, und kommen mit reiner Weste aus der Sache heraus ... So denken sie. Aber es wird anders kommen, weil ich Starr auf frischer Tat ertappen werde. Danach wird er weniger wert sein als das Schwarze unter dem Fingernagel, er und der ganze Rat!«

Bigman platzte beinah vor Wut. Am liebsten wäre er mit bloßen Fäusten auf den anderen losgegangen. Aber irgendwie brachte er es fertig, sich zu beherrschen. Er wußte jetzt, warum Urtel so geschwätzig war. Der Mann wußte viel weniger, als er vorgab. Er versuchte, Bigman in Siedehitze zu bringen, bis er mit der Wahrheit herausplatzte.

Aber er, Bigman, würde den Spieß umdrehen! Mit leiser Stimme forderte Bigman seinen Feind heraus. »Du aufgeblasener Schlappsack bestehst doch nur aus Gift und Galle! Wenn man dich irgendwo anpiekt, fällst du zusammen und dein mickriges wahres Selbst kommt zum Vorschein. Du bist doch bloß ein aufgeblasener bedeutungsloser Wicht.«

»Jetzt reicht es mir aber!« schrie Urtel.

Bigman überschrie ihn noch mit seiner hohen durchdringenden Stimme. »Schieß doch, du feiger Verbrecher! Beim Bankett hast du dir beinah in die Hosen gemacht. Und wenn du mir jetzt Mann gegen Mann mit nackten Fäusten gegenüberständest, würdest du vor lauter Angst weglaufen.«

Bigman wartete gespannt, daß sich Urtel in verständlicher Wut eine Blöße gäbe. Dann würde Bigman ihn unvermutet anspringen. Wahrscheinlich würde er den Tod dabei finden, und doch bestand für ihn eine kleine Chance ...

Aber Urtel hielt sich zurück. Er blieb kühl. »Wenn du nicht mit der Sprache herauskommst, bringe ich dich um. Mir kann dabei nichts passieren. Ich rede mich vor den anderen auf Notwehr heraus, und alle werden mir glauben.«

»Aber nicht Lucky!«

»Der steckt selber in größten Schwierigkeiten. Wenn ich mich erst mal mit ihm befaßt habe, nimmt niemand mehr ein Stückchen trocken Brot von ihm.« Urtels Hand mit dem Strahler lag ruhig. »Na, willst du versuchen zu fliehen?«

»Vor dir etwa?« fragte Bigman höhnisch.

»Wie du willst«, sagte Urtel kalt.

Bigman stand lauernd da. Er sagte kein Wort mehr. Urtels Arm versteifte sich. Sein Helm neigte sich ein wenig zur Seite. Es sah aus, als ob er den anderen anvisiere. Aber auf diese kurze Entfernung konnte er ihn sowieso nicht verfehlen. Bigman zählte die Sekunden. Er versuchte den richtigen Augenblick für den verzweifelten Sprung um sein Leben auszurechnen. Seine Lage ähnelte der Luckys, als Mindes auf ihn angelegt hatte.

Aber hier war weit und breit kein Helfer, der Urtel überrumpeln konnte, wie Bigman Mindes überrumpelt hatte. Und Urtel war auch nicht mit dem Nervenbündel Mindes zu vergleichen. Er würde nur überlegen lachen und ihn erneut aufs Korn nehmen.

Bigmans Muskeln spannten sich für den entscheidenden Sprung. Aber er gab sich selbst nur noch fünf Sekunden – dann würde er unweigerlich tot sein.

IX

FINSTERNIS UND LICHT

Vor Anspannung begannen Bigmans Wadenmuskeln zu zittern, während sein übriger Körper unbeweglich blieb. Und da gellte plötzlich dieser heisere Schrei äußerster Überraschung in seinen Ohren!

Die beiden Männer standen sich in einer finsteren, grauen Welt gegenüber, jeder nur vom Scheinwerfer des anderen in helles Licht getaucht. Außerhalb dieser Lichtinseln war nichts wahrzunehmen. Aber plötzlich war da eine Bewegung, deren Ursache und Herkunft Bigman nicht enträtseln konnte.

Seine erste Reaktion, sein erster Gedanke war: Lucky!

War Lucky zurückgekommen? Hatte er auf irgendeine Art das Steuer herumgerissen und die Lage in den Griff bekommen?

Aber da war schon wieder diese Bewegung, und nun erkannte Bigman, daß es nicht Lucky sein konnte.

Es war vielmehr so, als habe sich oben ein Teil der Felswand gelöst und segele nun langsam mit jener für die geringe Schwerkraft des Merkur charakteristischen Trägheit nach unten.

Ein steinerner, irgendwie flexibler Strang traf Urtels Schulter und wickelte sich darum. Ein anderer umschnürte bereits seinen Leib. Und schon ließ sich der nächste Strang herab, langsam wie in einer unwirklichen Zeitlupenwelt. Er legte sich um Urtels Arm, berührte das

Metall seines Anzugs in Höhe der Brust, und sofort waren Arm und Brust unlösbar miteinander verbunden. Es war, als berge dieser träge und äußerlich spröde Stein die unwiderstehliche Kraft einer Boa constricor.

Urtels erste Reaktion war schiere Überraschung gewesen. Jetzt klang namenloses Entsetzen aus seiner Stimme.

»Kalt«, krächzte er heiser. »Sie sind so kalt!«

In Bigmans Hirn herrschte wirbelnder Aufruhr. Es war so schwierig, die veränderte Lage zu begreifen. Einer der Stränge aus dem Gestein umklammerte Urtels Unterarm und Handgelenk. Unbeweglich, wie festgenietet, ruhte der Strahler darin.

Ein letzter Strang schwebte herab. Die Stränge sahen äußerlich alle wie das umgebende Gestein aus, so daß sie erst in dem Augenblick sichtbar wurden, wenn sie sich aus der Wand lösten.

Untereinander waren die Stränge verbunden wie ein Organismus, aber nirgends war ein Rumpf, ein »Körper« zu erkennen. Sie ähnelten einer steinernen Krake, die nur aus Fangarmen bestand.

Plötzlich durchzuckte Bigmans Hirn ein erhellender Gedanke.

Er stellte sich vor, wie der Fels im Laufe der äonenlangen Entwicklung des Merkur allmählich Leben entwickelt hatte. Eine völlig andere Art von Leben als alles, was man auf der Erde kannte. Ein Leben, das einzig und allein durch Wärme existierte.

Warum sollte es das nicht geben? Die Fangarme konnten auf der Suche nach einer Spur von Wärme immer weiter von Ort zu Ort kriechen. Vor seinem geistigen Auge sah Bigman sie auf den Nordpol des Merkur zukriechen, als sich hier Menschen einzurichten begannen. Erst waren es die Bergwerke, dann die Kuppel des Observatoriums, die sie mit nieversiegender Wärme versorgten.

Auch Menschen konnten zu ihren Opfern werden. Warum nicht? Jedes Menschenwesen ist eine Wärmequelle. Wahrscheinlich war ab und zu ein einzelner Bergmann in ihre Falle geraten. Gelähmt vor Entsetzen und plötzlicher Kälte, hatte er nicht einmal um Hilfe rufen können. Innerhalb weniger Minuten war seine Energiereserve schon zu schwach, um auch nur ein Radiosignal zu senden. Und dann war er tot, zu Eis erstarrt!

So gewann Cooks wilde Geschickte vom rätselhaften Tod in den Stollen nachträglich eine plausible Erklärung.

All dies schoß Bigman durch den Kopf, während er reglos dastand und mit der neuen Situation fertigzuwerden versuchte.

Urtel keuchte und stöhnte. »Ich ... kann nicht ... Hilfe! ... Hilfe! ... es ist ... so kalt ... wie Eis ...«

»Aushalten!« rief Bigman. »Ich komme!«

Kein Gedanke mehr daran, daß dieser Mann eben noch sein Feind gewesen war, der ihn kaltblütig umbringen wollte. Der kleine Mann vom Mars wußte nur noch eins: Hier befand sich ein Mensch hilflos in der Gewalt von etwas Nichtmenschlichem.

Seitdem die ersten Menschen die Erde verließen und sich in Raumschiffen in die Gefahren und Geheimnisse des Weltalls wagten, hatte sich ein strenges, wenn auch ungeschriebenes Gesetz entwickelt. Alle Feindseligkeiten zwischen Menschen mußten in dem Augenblick eingestellt werden, wo sich ein Mensch dem gemeinsamen Feind, den außermenschlichen und unmenschlichen Kräften anderer Welten, gegenübersah.

Vielleicht gehorchte nicht jeder diesem Gesetz. Für Bigman war es selbstverständliches Gebot.

Mit einem Satz war er an Urtels Seite und versuchte, seinen Arm zu befreien.

»Hilf mir ...«, murmelte Urtel.

Bigmann griff nach dem Strahler, den Urtel noch in der Hand hielt. Dabei wich er dem Fangarm aus, der Urtels Faust umklammert hatte. Ihm fiel auf, daß sich der Fangarm nicht wie ein Schlangenleib krümmte, sondern abschnittsweise gebogen war, als bestehe er aus starren Teilen.

Bigmans andere Hand, die unwillkürlich nach Urtels Anzug tastete, traf plötzlich auf einen der Fangarme. Erschrocken zog er sie zurück.

Die Kälte stach wie ein eisiger Dolch verzehrend in seine Hand.

Verzweifelt zerrte Bigman an dem Strahler. Mit Gewalt wollte er ihn Urtel aus der Faust winden. Dabei bemerkte er zunächst nicht die fremdartige Berührung auf seinem Rücken – ein Eisstrang lag auf ihm und ließ ihn nicht mehr frei. Als er sich losreißen wollte, war es zu spät. Der Fangarm hatte nach ihm gegriffen und hielt ihn jetzt unentrinnbar umklammert.

Die beiden Männer schienen miteinander verwachsen, so fest waren sie zusammengekettet.

Der körperliche Schmerz der Kälte wurde immer stärker, und Bigman rüttelte wie ein Besessener an dem Strahler. Bekam er ihn endlich frei?

Dann hörte er Urtel murmeln: »Alles sinnlos ...«, und er erschrak.

Urtel taumelte und fiel dann langsam zu Boden, wobei er Bigman mit sich riß.

Bigmans Körper war schon steif. Er verlor jede Empfindung. Er wußte nicht einmal, ob er noch an der Mündung des Strahlers zerrte oder nicht. Wenn ja, gab die Waffe allmählich nach? Oder bildete er sich das nur ein?

Seine Lampe wurde dunkel, als die gefräßigen, wärmehungrigen Fangarme die Energie aus dem Anzug saugten.

Der Tod durch Erfrieren konnte nicht mehr fern sein.

*

Nachdem Lucky sich von Bigman getrennt hatte, zog er sich in der stillen Kabine des *Shooting Starr* den Isolieranzug an, trat auf die Oberfläche des Merkur hinaus und wandte das Gesicht dem »weißen Geist der Sonne« zu.

Viele Minuten stand er bewegungslos, ganz im Bann der milchigen, weißschimmernden Sonnenkorona.

In die Betrachtung des einmaligen Phänomens versunken, fing er an, seine Glieder zu bewegen. Der Isolieranzug funktionierte besser als ein gewöhnlicher Raumanzug. Durch seine Leichtigkeit vermittelte er Lucky zeitweise das Gefühl, überhaupt keinen Schutzanzug zu tragen. Ein beunruhigendes Gefühl im luftleeren Raum! Aber Lucky schüttelte es bald ab und beobachtete aufmerksam den Himmel.

Die Sterne waren ebenso zahlreich und hell wie im offenen Raum aber er schenkte ihnen kaum Beachtung. Er suchte etwas anderes. Nach Erdzeit waren zwei Tage vergangen, seitdem er unter diesem Himmel gestanden hatte. In diesen zwei Tagen hatte der Merkur ein Vierundvierzigstel seines Kreislaufs um die Sonne zurückgelegt. Das bedeutete, daß im Osten über acht Grad des Himmels neu aufgetaucht und im Westen über acht Grad untergegangen waren. Das bedeutete vor allem: es waren neue Sterne zu sehen.

Auch neue Planeten. Venus und Erde mußten inzwischen über dem Horizont sichtbar sein.

Und da waren sie! Venus stand höher am Himmel – ein glitzernder weißer Edelstein, viel heller als auf der Erde. Denn dort stand sie zwischen Sonne und Erde. Und wenn sie der Erde am nächsten war, kehrte sie ihr die dunkle Seite zu. Auf dem Merkur dagegen sah man die Venus im vollen Sonnenlicht.

Im Augenblick war die Venus 53 Millionen Kilometer vom Merkur entfernt. Die beiden Planeten näherten sich zu gewissen Zeiten bis auf 32 Millionen Kilometer, und wer scharfe Augen besaß, sah die Venus dann als kleine Scheibe.

Doch schon jetzt strahlte die Venus fast so hell wie die Korona. Bei einem Blick auf den Boden glaubte Lucky, einen doppelten Schatten zu werfen. Einen verschwommenen (von der Korona) und einen scharfen (von der Venus). Vielleicht konnte man unter idealen Bedingungen sogar einen dreifachen Schatten beobachten. Den dritten würde dann die Erde werfen.

Auch die Erde fand er ohne Schwierigkeiten. Sie stand tief am Horizont, überstrahlte zwar alle anderen Sterne und Planeten, wirkte aber im Vergleich zu der herrlichen Venus fast blaß. Das lag daran, daß sie wegen des größeren Abstands weniger Licht von der Sonne empfing und durch ihre geringere Wolkendecke auch weniger Licht reflektierte. Schließlich war sie doppelt so weit vom Merkur entfernt wie die Venus.

Aber in einer Hinsicht bot sie einen unvergleichlich fesselnderen Anblick. Während die Venus in reinem Weiß erglänzte, schimmerte die Erde grünlich-blau.

Und außerdem glänzte in ihrer Nähe, knapp über dem Horizont, das kleinere gelbliche Licht des Erdmondes. Von allen sonnennahen Planeten aus boten Erde und Mond ein einzigartiges Schauspiel. Ein Doppelplanet der majestätisch durch den Himmel zog, in enger Nachbarschaft umkreiste der kleinere den größeren, in einer Bewegung, die aussah, als taumele er von einer Seite auf die andere.

Lucky ließ sich von dem Anblick länger fesseln, als ratsam war. Doch er konnte die Augen einfach nicht davon losreißen. Sein abenteuerliches Leben führte ihn immer wieder weit von seinem Heimatplaneten weg, aber darum liebte er ihn nur umso mehr. Alle die Billiarden menschlicher Wesen in der Milchstraße stammten ursprünglich von der Erde. Ja, bis vor gar nicht langer Zeit war die Erde ihre einzige Heimat gewesen. Auf ihr hatte sich fast die gesamte Geschichte der Menschheit abgespielt. Wie konnte da ein Mensch ungerührt an einem fremden Himmel das Licht der heimatlichen Erde betrachten?

Endlich gelang es Lucky, den Blick vom Himmel zu wenden. Es galt, verschiedenes zu erledigen.

Mit festem Schritt ging er auf das Licht der Korona zu. Wegen der geringen Schwerkraft achtete er darauf, die Beine dicht über dem Boden zu halten. Den Blick hielt er nach unten gerichtet, um mit Hilfe seiner eingeschalteten Helmlampe gefährliche Hindernisse rechtzeitig zu erkennen.

Er hatte eine ungefähre Vorstellung von dem, was er entdecken würde. Doch sie beruhte nur auf seiner mehr instinktiven Ahnung und nicht auf irgendwelchen Tatsachen. Lucky schreckte davor zurück, solche unbestimmten Ahnungen mit anderen Leuten zu besprechen, ja, er vermied es sogar, selber lange daran zu denken. Die Gefahr war groß, daß man sich sonst an die Idee gewöhnte, sie schließlich als bewiesene Tatsache ansah und andere Möglichkeiten gar nicht mehr erwog.

Das hatte er mehr als einmal bei dem überschwenglichen Bigman erlebt, der schnell zu überzeugen war und überstürzt zu handeln pflegte. Vage Möglichkeiten pflegten sich in Bigmans Fantasie allzu rasch in feststehende Tatsachen zu verwandeln ...

Er lächelte ein wenig beim Gedanken an den kleinen Kampfhahn. Oft benahm er sich unklug, nie kühl abwägend. Aber immer erwies er sich als treue Seele. Und Furcht kannte er gar nicht. Lucky verließ sich lieber auf den kleinen Bigman als auf eine ganze Flotte schwergepanzerter Raumkreuzer, mit einer Besatzung von Riesen.

Während er mit flachen Schritten über das Gelände eilte, vermißte er den Marsbewohner mit dem Gnomengesicht sehr. Gewaltsam schüttelte er dieses Gefühl des Unbehagens ab, indem er sich mit seinen aktuellen Problemen beschäftigte.

Es gab leider viel zu viel Widersprüchliches.

Da war zuerst Mindes selbst, nervös, unsicher und ohne Selbstbewußtsein. Es stand immer noch nicht fest, inwieweit sein Angriff auf Lucky einem vorübergehenden Anfall von Bewußtseinstrübung oder berechnender Überlegung zuzuschreiben war.

Dann Gardoma, Mindes' Freund. War er ein Idealist, der sich ganz dem Traum vom Projekt Licht hingab, oder unterstützte er Mindes aus rein praktischen Erwägungen? Wenn ja, aus welchen?

Urtel stand im Mittelpunkt aller Schwierigkeiten. Er war darauf aus, den Rat zu vernichten, und der Hauptstoß seines Angriffs richtete sich gegen Mindes. Doch durch seine Überheblichkeit zog er überall Haß auf sich. Mindes haßte ihn natürlich, und Gardoma ebenfalls. Dr. Peverales Haß war kaum geringer, äußerte sich aber zurückhaltender. Er hatte mit Lucky nicht einmal über den Mann sprechen wollen.

Beim Bankett schien Cook jedes Gespräch mit Urtel ängstlich zu vermeiden, ja, er hatte ihn nicht einmal angesehen. Fürchtete Cook die scharfe Zunge und die groben Angriffe Urtels, oder hatte er andere Gründe?

Cook hatte auch von Peverale keine hohe Meinung. Er schämte sich für den alten Mann, wenn der seinen Vorurteilen gegenüber Sirius freien Lauf ließ.

Und dann war noch eine ganz andere Frage zu beantworten. Wer hatte Luckys Isolieranzug aufgeschlitzt?

Es war so vieles zu beachten. Lucky hatte zwar eine Theorie, die alle Faktoren berücksichtigte, aber sie war noch reichlich vage. Er durfte sich nicht auf sie verlassen, sondern mußte nach allen Seiten offen bleiben.

Das Gelände stieg an. Automatisch veränderte er den Schritt. So vertieft war er in seine Überlegungen, daß ihn der Anblick, der sich oben auf der Anhöhe bot, völlig überrumpelte.

Der oberste Rand der Sonne hatte sich über den gezackten Horizont geschoben – nicht die Sonne selbst, sondern nur ein kleiner Ausschnitt ihrer Protuberanzen.

Diese Protuberanzen waren flammendrot, und genau in der Mitte flossen lodernde Feuerströme mit quälender Langsamkeit nach oben und zur Seite.

Scharf abgehoben gegen den felsigen Horizont des Merkur, weder durch eine Atmosphäre noch durch Staub verdunkelt, boten die Protuberanzen der Sonne einen Anblick von unglaublicher Schönheit. Die Flammenzungen schienen direkt aus der dunklen Masse des Merkur herauszuschießen. Es war, als stehe der Horizont in Flammen oder als sei plötzlich ein riesiger Vulkan ausgebrochen.

Aber natürlich konnte der Merkur etwas so Gewaltiges wie diese Protuberanzen nicht hervorbringen. Die eine Flammenzunge, die Lucky beobachtete, war groß genug, um hundert Erdbälle oder 5000 Planeten von der Größe Merkurs zu verschlingen. Das gewaltige atomare Feuer beleuchtete auch Luckys Umgebung, so daß er seine Helmlampe ausschaltete.

Die den Protuberanzen direkt zugewandten Felsformationen waren in rötliches Licht getaucht, alle anderen waren kohlrabenschwarz. Es sah aus, als habe jemand mit gewaltigen Pinselstrichen breite rote Streifen auf einen grundlosen Schacht gemalt. Ja, das war der »rote Geist der Sonne« – treffender konnte man das atemraubende Naturschauspiel nicht bezeichnen.

Luckys Hand warf einen tiefschwarzen Schatten auf seine Brust. Das Gelände wurde schwierig, weil die Lichterscheinungen, die auch die kleinste Unebenheit scharf herausmeißelten, das Auge in Bezug auf die Eigenschaften des Bodens narrten.

Lucky schaltete wieder seine Helmlampe ein und ging weiter auf die Protuberanzen am Horizont zu. Mit jedem Kilometer, den er zurücklegte, stieg die Sonne zehn Bogenminuten höher.

Das bedeutete, daß nach etwa einem Kilometer die Sonne selbst sichtbar werden und er sich auf der Sonnenseite des Merkur befinden würde.

Lucky konnte nicht ahnen, daß Bigman zu diesem Zeitpunkt der Erfrierungstod drohte. Nur ein Gedanke beherrschte ihn: dort drüben auf der Sonnenseite lauerte die Gefahr! Aber dort mußte auch die Lösung aller Probleme zu finden sein.

X

DIE SONNENSEITE

Nun wurden weitere Protuberanzen sichtbar. Immer heller strahlte ihr flammendes Rot. Die Korona verschwand zwar nicht, (weil es keine Atmosphäre gab, die das helle Licht verteilen und alle anderen Lichterscheinungen verdecken konnte), aber sie wirkte bedeutungslos und matt. Alle Sterne waren am Himmel und würden, wie Lucky wußte, auch nach dem Sonnenaufgang kein bißchen verblassen. Aber wer achtete dann noch auf sie?

Lucky lief mit gleichmäßig langen Schritten weiter. Dieses Tempo hätte er ohne Ermüdung stundenlang beibehalten können. In seinem jetzigen Hochgefühl wäre ihm das selbst unter den Schwerkraftbedingungen der Erde möglich gewesen.

Und dann – ohne Warnung und ohne verräterischen Glanz – stand plötzlich die Sonne am Himmel!

Genauer gesagt: es war ein haardünner Streifen Sonne, ein unerträglich blendender Lichtstreifen über dem zerklüfteten Horizont. Man konnte meinen, ein überirdischer Maler habe die grauen Umrisse der Felsen mit gleißendem Weiß nachgezogen.

Lucky sah sich um. Auf dem unregelmäßigen Boden hinter ihm spiegelten sich die Protuberanzen in rötlichen Flecken. Aber vor ihm erstreckte sich bis zu seinen Füßen eine weiße schimmernde Linie, die alle Kristallformationen hell aufblitzen ließ.

Er setzte seinen Weg fort, und der feine Lichtstreifen wuchs und wuchs und wurde immer breiter.

Der Sonnenrand war deutlich sichtbar. In der Mitte, ein wenig über dem Horizont, fiel er in sanft geschwungener Kurve zu den Seiten ab. Für jemand, der die Sonne meist von der Erde aus sah, war die Kurve erstaunlich flach.

Das Sonnenlicht überstrahlte auch nicht die Protuberanzen, die wie flammendrote Locken über ihren Rand fielen. Natürlich gab es überall auf der Sonne Protuberanzen, aber sichtbar waren nur die an ihrem Rand.

Und über allem wölbte sich die Korona.

Trotz des fantastischen Anblicks fand Lucky noch Zeit, über das Wunderwerk der Technik zu staunen, das sein Isolieranzug darstellte.

Ein einziger Blick auf den Sonnenrand mit ungeschütztem Auge, und er wäre für immer erblindet. Schon die Intensität des sichtbaren Lichts war schlimm genug. Aber die harten ultravioletten Strahlen, die durch keine Atmosphäre gefiltert wurden, hätten sein Augenlicht sofort zerstört. Und etwas später auch sein Leben.

Doch die Molekularstruktur des Glases in der Gesichtsplatte des Isolieranzugs war so genial konstruiert, daß sie umso weniger Licht passieren ließ, je heller die einfallenden Strahlen waren. Nur der Bruchteil eines Prozents vom Sonnenlicht drang durch die Platte. Und so konnte er gefahrlos, ja fast ohne das geringste Unbehagen die Sonne betrachten. Zu gleicher Zeit jedoch ließ das Glas das Licht der Korona und der Sterne unvermindert durch.

Der Isolieranzug bot auch in anderer Hinsicht guten Schutz. Er war mit Blei und Wismut imprägniert, was sein Gewicht nur unbeträchtlich erhöhte, aber Ultraviolett- und Röntgenstrahlung abwies. Der ganze Anzug war positiv geladen, so daß er die ebenfalls positiv geladenen Protonen der kosmischen Strahlung größtenteils ablenkte. Und die war trotz des schwachen Merkur-Magnetfeldes wegen der großen Sonnennähe bedeutend.

Und natürlich schützte ihn der Anzug vor der Hitze. Nicht nur durch seine isolierende Zusammensetzung, sondern durch die spiegelartig reflektierende Außenseite, eine pseudoflüssige Molekularschicht, die man durch Knopfdruck aktivieren konnte.

Bei all diesen prächtigen Eigenschaften war es wirklich schade, daß der Isolieranzug sich nicht zum Standardmodell für alle denkbaren Bedingungen des Weltraums eignete. Lucky wußte auch, woran es lag. Wenn es sich nicht vorwiegend um Hitze- und Strahlungsschutz handelte, war der Anzug wegen seiner Strukturschwäche unpraktisch. Ihm fehlte es an bestimmten Metallegierungen.

Lucky war nun bereits anderthalb Kilometer tief in den Bereich der Sonnenseite eingedrungen und spürte keinerlei übermäßige Hitze.

Das überraschte ihn nicht. Wer sein Wissen um das Weltall allerdings nur aus schnell fabrizierten Subäther-Reißern bezog, mußte die Sonnenseite eines jeden Planeten ohne Lufthülle unweigerlich für eine einheitlich glühendheiße Landschaft halten.

Aber das war eine unhaltbare Verallgemeinerung. Im Grunde hing es davon ab, wie hoch die Sonne stand. An diesem Punkt des Merkur zum Beispiel, wo nur ein kleiner Teil der Sonne über dem Horizont sichtbar wurde, erreichte verhältnismäßig wenig Hitze den Boden. Und die verteilte sich auch noch über eine weite Fläche, da die Strahlen fast horizontal auftrafen.

Das »Wetter« veränderte sich, je weiter man auf die Sonnenseite kam. In den Gebieten, wo die Sonne hoch am Himmel stand, galten tatsächlich die Gesetze der reißerischen Weltraumabenteuer.

Aber hier war noch überall Schatten zu finden. Im luftleeren Raum bewegten sich Licht- und Wärmewellen in gerader Richtung. Das heißt, daß sie beide nicht in die Schattenregionen gelangten, abgesehen von unwesentlichen Reflexionserscheinungen. Da mochte die Sonne noch so glühend heiß vom Himmel brennen, im Schatten war es immer eiskalt und rabenschwarz.

Lucky kamen die Schatten jetzt immer mehr zu Bewußtsein. Vorhin, als sich der obere Rand des Sonnenballs über den Horizont schob, hatte mit Ausnahme einiger heller Flecken fast alles im Schatten gelegen. Je höher die Sonne stieg, umso mehr wuchsen die hellen Lichtflecken zusammen und verdrängten die Schatten auf kleine Inseln hinter Anhöhen und Felsen.

Einmal wich Lucky absichtlich vielleicht hundert Meter von seiner Richtung ab, um für eine volle Minute in den Schatten zu tauchen, den ein Felsblock warf. Da war es genauso wie auf der Nachtseite des Planeten. In der Sonne war ihm die Hitze nicht bewußt geworden. Hier fühlte er sehr deutlich, wie es kälter wurde. Kaum war er im Schatten, sah er nicht mehr die Hand vor Augen und mußte seine Helmlampe einschalten.

Auch der Boden unterschied sich stark von dem, der im strahlenden Sonnenlicht lag. Denn auf der Sonnenseite hatte der Merkur eine Art Atmosphäre. Keine Atmosphäre wie die der Erde. Also keinen Stickstoff, Sauerstoff, Kohlenwasserstoff oder Wasserdampf – nichts dergleichen! Aber hier brachte die Hitze an vielen Stellen das Quecksilber zum Sieden. Schwefel wurde flüssig. Ähnlich veränderten noch weitere Elemente ihren Aggregatszustand. Schwache Dämpfe hafteten an der überhitzten Oberfläche, die im Schatten wieder gefroren.

Einmal strich Lucky mit der behandschuhten Hand über die dunkle Oberfläche eines Felsens und sah dann im Schein seiner Helmlampe grauen Quecksilberreif an seinen Fingern glitzern. Er schmolz in der Sonne schnell und hing in Tropfen am Handschuh, bis er schließlich verdampfte.

Allmählich spürte Lucky die Hitze. Doch er fühlte keine Besorgnis. Wenn die Hitze unerträglich wurde, konnte er ja notfalls wieder Zuflucht im Schatten suchen und sich abkühlen.

Da waren kurzwellige Strahlen möglicherweise schon etwas gefährlicher, doch erst bei längerem Verweilen. Wer lange auf dem Merkur arbeitete, fürchtete diese Strahlung, der er ständig ausgesetzt war. Und dabei fiel Lucky ein, was Mindes bei seiner Begegnung mit dem Saboteur besonders beeindruckt hatte. Der war in der Sonne stehengeblieben!

Ganz klar, daß Mindes sich darüber wunderte. Wenn man für lange Zeit den Strahlen ausgesetzt war, war es blanker Wahnsinn, diese Zeit auch noch freiwillig zu verlängern! In Luckys Fall würde es sich nur um kurzzeitige Bestrahlung handeln – das hoffte er wenigstens.

Er überquerte schwärzliche Geländestreifen, die sich düster von der im allgemeinen rötlichgrauen Oberfläche des Merkur abhoben. Das rötliche Grau war ihm vertraut. Er kannte es vom Mars: verschiedene Silikate mit einem Zusatz von Eisenoxyd, das die Rötung verursachte.

Der schwarze Boden gab einige Rätsel auf. Nicht weil er entschieden heißer war als seine Umgebung. Schwarz nimmt nun einmal mehr Wärme auf.

Lucky bückte sich beim Laufen und fand, daß die schwarzen Stellen eher krümlig als kiesig waren. Er nahm etwas mit dem Handschuh auf und sah es sich genauer an. Es konnte Graphit sein, aber ebensogut auch Eisen oder Kupfersulfid. Es konnte alles mögliche sein, aber er hätte jede Wette darauf gehalten, daß es sich um eine Art von unreinem Eisensulfid handelte.

Schließlich blieb er im Schatten eines Felsens stehen und überlegte. Seiner Schätzung nach hatte er in anderthalb Stunden ungefähr 25 Kilometer zurückgelegt, denn die Sonne stand jetzt zum größten Teil über dem Horizont. Er trank ein wenig vom flüssigen Nahrungsvorrat des Anzugs. Und das Trinken beschäftigte ihn im Augenblick mehr als die Zahl der zurückgelegten Kilometer.

Irgendwo links und rechts von ihm mußten Kabel von Mindes' Projekt Licht liegen. Wo genau, spielte jetzt keine Rolle. Sie bedeckten Hunderte von Quadratkilometern, und es war sinnlos, auf der Suche nach dem Saboteur ziellos zwischen ihnen herumzuirren.

Mindes hatte es versucht, erwartungsgemäß ohne Erfolg. Wenn das, was er gesehen hatte, wirklich der Saboteur gewesen war, konnte der natürlich aus der Kuppel gewarnt worden sein. Mindes hatte kein Hehl daraus gemacht, daß er sich zur Sonnenseite begeben wollte.

Im Gegensatz zu Lucky. Diesmal würde es keine Warnung geben, hoffte er.

Und er besaß ein äußerst nützliches Instrument, auf das Mindes hatte verzichten müssen. Lucky zog das kleine Ergometer aus der Tasche, hielt es vor sich hin und ließ den Strahl seiner Helmlampe darauffallen.

Sobald das Gerät aktiviert war, hielt er es ins Sonnenlicht. Sofort glühte das rote Signallämpchen mit unglaublicher Intensität auf. Das war die Kurzwellenstrahlung der Sonne. Er drehte an einer Stellschraube.

Das Leuchten verschwand.

Lucky trat ins Sonnenlicht und suchte den Horizont nach allen Richtungen ab. Wo – wenn überhaupt – gab es hier außer der Sonne eine atomare Kraftquelle? Er fand natürlich eine Anzeige, die die Kuppel betraf. Deren Stärke nahm zu, als er das Ergometer mehr nach unten richtete. Das Kraftwerk der Kuppel lag fast anderthalb Kilometer unter der Oberfläche, und von seinem Standort aus bedeutete das eine Neigung von 20 Grad.

Langsam drehte er sich im Kreis, das Gerät vorsichtig mit den beiden Zeigefingern haltend, damit der undurchlässige Anzug nicht etwa eine verräterische Strahlung blockierte. Er drehte sich einmal, zweimal und ein drittes Mal.

Er hatte den Eindruck, in einer bestimmten Richtung habe die Anzeige ganz kurz aufgeleuchtet – im hellen Sonnenlicht kaum erkennbar. Vielleicht hatte ihm die Einbildung nur einen Streich gespielt.

Er versuchte es noch einmal.

Und diesmal war kein Irrtum möglich!

Lucky merkte sich die Richtung der Anzeige und ging dann darauf zu. Es konnte natürlich sein, daß er nur auf radioaktives Erz stoßen würde.

*

Etwa anderhalb Kilometer weiter erblickte er zum erstenmal ein Kabel von Mindes.

Eigentlich war es ein ganzes Kabelnetz, das halb im

Boden vergraben war. Nachdem er ihm ein paar hundert Meter gefolgt war, erreichte er eine viereckige Metallplatte, die etwa ein Meter 20 im Quadrat maß. Sie war auf Hochglanz poliert. Die Sterne spiegelten sich auf ihr wie in einem klaren See.

Er brauchte sich bestimmt nur an die richtige Seite zu stellen, und er würde in das Spiegelbild der Sonne blikken. Während er noch überlegte, fiel ihm auf, daß die Platte sich bewegte, aus der horizontalen in eine mehr vertikale Lage. Neugierig blickte er auf, um festzustellen, ob sie das tat, um die Sonne zu reflektieren.

Groß war sein Erstaunen, als er wieder auf die Platte sah. Das eben noch spiegelblanke Quadrat war nicht mehr klar. Es hatte sich in eine stumpfe, schwarze Fläche verwandelt, so stumpf, daß nicht einmal das grelle Licht der Merkursonne ausreichte, sie zum Glänzen zu bringen.

Und dann löste sich vor seinen Augen das stumpfe Schwarz allmählich auf.

Die Platte war wieder hell!

Während sie sich immer mehr in eine senkrechte Lage aufrichtete, durchlief ihre Oberfläche noch dreimal diesen seltsamen Zyklus. Zuerst unglaublich klare Spiegelung – dann völlige Schwärze. Lucky begriff schnell, was da vorging. Während der Schwärze wurde das Licht absorbiert. Während der hellen Periode wurde es reflektiert.

Ihm blieb keine Zeit zu untersuchen, ob die Phasen in gleichmäßigem oder in absichtlich unregelmäßigem Rhythmus aufeinanderfolgten. Es war auch zweifelhaft, ob seine Kenntnisse von den Gesetzen der Hyperoptik überhaupt ausreichten, um dem Sinn des Ganzen auf den Grund zu kommen.

Wahrscheinlich gab es hunderte oder sogar tausende solcher Platten, alle durch ein Netzwerk von Kabeln miteinander verbunden und von dem kleinen Kraftwerk in der Kuppel gespeist. Sie absorbierten und reflektierten das Sonnenlicht nach festgelegtem Rhythmus bei wechselnden Richtungswinkel zur Sonne. Vermutlich wurde dadurch Lichtenergie auf irgendeine Weise kontrolliert durch den Hyperraum geleitet.

Und wahrscheinlich verhinderten zerrissene Kabel und zerschlagene Platten den vollen Erfolg des Projektaufbaus!

Lucky zog wieder das Ergometer zu Rate. Die Anzeige war jetzt schon heller. Er ging in dieser Richtung weiter.

Heller! Immer heller! Was es auch sein mochte, dem er folgte, es veränderte jedenfalls seinen Standort. Der Ursprung dieser Gammastrahlen hatte keinen festen Platz auf der Merkuroberfläche.

Und *das* bedeutete, daß es sich nicht um radioaktives Erzlager handeln konnte.

Es bewegte sich. Es mußte ein Mensch sein – oder etwas, das Menschenhand geschaffen hatte.

*

Zuerst sah Lucky die Gestalt nicht größer als einen sich bewegenden Fleck, der sich schwarz vom blendendhellen Boden abhob. Es geschah, als Lucky gerade nach einem langen Marsch in der Sonne einen schattigen Platz suchte, wo aufgestaute Hitze abfließen konnte.

Statt dessen beschleunigte er nun den Schritt. Er schätzte die Außentemperatur auf nahezu hundert Grad, knapp unter dem Siedepunkt des Wassers. In seinem Anzug war es glücklicherweise erheblich kühler.

Wenn die Sonne im Zenit stünde statt am Horizont – schoß es ihm durch den Kopf – würde selbst dieser moderne Isolieranzug nicht mehr ausreichen.

Die Gestalt schenkte ihm keine Beachtung. Sie setzte unbeirrt ihren Weg fort. Nach ihrer Gangart zu urteilen, wurde sie mit der niedrigen Schwerkraft lange nicht so gut fertig wie Lucky. Sie schien sich eher schwerfällig dahinzuschleppen, kam aber überraschend schnell von der Stelle.

Sie trug keinen Isolieranzug. Schon von weitem stellte Lucky fest, daß seine Außenhaut aus Metall bestand.

Im Schatten eines Felsbrockens gönnte sich Lucky eine Pause. Doch bevor er richtig ausgekühlt war, zwang er sich zum Weitergehen.

Der Gestalt schien die Hitze überhaupt nichts auszumachen. Seitdem Lucky sie gesichtet hatte, traf sie keinerlei Anzeichen, einen Schatten aufzusuchen, obwohl sie mehrmals nur wenige Meter entfernt an einem vorbeikam.

Lucky nickte nachdenklich. Es paßte alles zusammen.

Er rannte weiter. Allmählich wurde die Hitze bedrükkend. Aber jetzt galt es durchzuhalten.

Aus dem langsamen Dauerlauf heraus beschleunigte er zu einem Spurt. Er holte das letzte an Muskelkraft aus seinem Körper und flog in Riesensätzen von vier, fünf Metern dahin.

Und er rief: »He! Du da! Stehenbleiben!«

Seine Stimme war scharf und voll Autorität. Er hoffte, daß der andere sie über einen Kopfhörer empfangen würde. Sonst wäre ihm nichts anderes übrig geblieben, als Zuflucht zur Zeichensprache zu nehmen.

Da blieb die Gestalt stehen und drehte sich langsam um. Luckys Nasenflügel blähten sich. Er nickte befriedigt.

Bis jetzt jedenfalls hatte sich seine Vermutung bestätigt. Denn die Gestalt war kein Mensch.

Sie hatte überhaupt nichts Menschliches an sich!

XI

DER SABOTEUR!

Die Gestalt war groß, noch größer als Lucky. Sie maß bestimmt über zwei Meter und war entsprechend breit. Sie bestand aus schimmerndem Metall, das dort, wo die Sonne es traf, hell glänzte, und im Schatten tiefschwarz blieb.

Aber unter dem Metall war kein Fleisch und Blut, sondern nur weiteres Metall: Getriebe, Röhren, und Schläuche, Elektronik und ein Mikromeiler, der die Gestalt mit Energie versorgte und die Strahlung produzierte, die Lucky mit seinem Taschenergometer entdeckt hatte.

Die Glieder des Wesens waren monströs, breitbeinig stand es da, während es Lucky ansah. Anstelle der Augen besaß es zwei dunkelrot glühende Fotozellen. Der Mund war nicht mehr als ein Metallschlitz in der unteren Gesichtshälfte.

Es war ein mechanischer Mensch, ein Roboter. Für Lucky genügte ein Blick, um zu erkennen, daß der Roboter aus keiner irdischen Werkstatt stammte. Zwar hatte man den positronischen Roboter auf der Erde erfunden, aber ein derartiges Modell war dort nie gebaut worden.

Der Mund des Roboters öffnete und schloß sich unregelmäßig, als spreche er.

»Ich kann im luftleeren Raum keine Schallwellen hören, Roboter«, sagte Lucky streng. Es kam ihm darauf an, durch ein entschiedenes Auftreten seine Stellung als Mensch und damit als Herr und Meister nachzuweisen. »Schalte auf Sprechfunk um!«

Und jetzt bewegte sich der Mund des Roboters nicht mehr. Aber in Luckys Kopfhörer ertönte eine rauhe, unausgeglichene Stimme, die die Wörter unnatürlich abgehackt aussprach. »Was tun Sie hier, Sir?« sagte sie. »Warum sind Sie hier?«

»Die Fragen stelle ich!« entgegnete Lucky scharf. »Warum bist du hier?«

Ein Roboter war nicht imstande zu lügen. Er antwortete: »Ich habe Befehl, in bestimmten Abständen Gegenstände zu zerstören.«

»Befehl vom wem?«

»Ich habe Befehl, diese Frage nicht zu beantworten.«

»Bist du ein sirianisches Modell?«

»Ich wurde auf einem Planeten der Sirianischen Konföderation gebaut.«

Lucky zog zweifelnd die Brauen hoch. Die Stimme des

Wesens klang äußerst unangenehm. Die wenigen irdischen Roboter, die Lucky Gelegenheit gehabt hatte, in Testlabors zu sehen, waren alle mit Stimmaggregaten bestückt gewesen, die sowohl in direktem Schall, als auch über Radio, genau so angenehm und natürlich klangen wie eine geschulte menschliche Stimme. Bestimmt hätten die Sirianer diese Vorrichtung eher noch weiterentwickelt.

Aber zunächst gab es Dringenderes zu tun. »Ich muß ein Schattengebiet finden«, sagte Lucky. »Komm mit!«

»Ich führe Sie zum nächsten Schatten«, antwortete der Roboter sofort. Und schon trabte er los. Seine Metallbeine bewegten sich ungleichmäßig.

Lucky folgte dem Wesen. Er hätte den Schatten auch allein gefunden, blieb aber hinter dem Roboter, um seine Gangart zu beobachten.

Was von weitem schwerfällig und ungeschickt ausgesehen hatte, erwies sich aus der Nähe als deutliches Hinken. Dieser Roboter hinkte also, und er hatte eine rauhe, abgehackte Stimme! Zwei Mängel, die umso mehr auffielen, weil er sonst das Bild eines großartigen technischen Wunderwerks bot.

Vielleicht war der Roboter nicht an die Hitze und Strahlung auf dem Merkur angepaßt, dachte Lucky. Vermutlich hatte ihn die Strahlung beschädigt. Lucky war Wisenschaftler genug, um ein gewisses Bedauern darüber zu empfinden. Es war eine Schande, daß ein so vollkommenes Werk solche Schäden davongetragen hatte!

Voll Bewunderung betrachtete Lucky die Maschine. Unter diesem massiven Schädel aus Chromstahl verbarg sich ein hochempfindlicher, eiförmiger Schwamm aus Platin-Iridium von der ungefähren Größe des menschlichen Gehirns. Darin entstanden Trillionen von Trillionen Positronen, jedes mit der Lebensdauer einer Millionstelsekunde, in der sie vorprogrammierten Wegen folgten, die, etwas vereinfacht, dem Denkprozeß des menschlichen Gehirns entsprachen.

Ingenieure hatten diese Positronenwege für die Bedürfnisse des Menschen geschaffen und ihnen die »drei Gesetze der Robotik« eingegeben.

Das erste Gesetz lautete: *Ein Roboter darf keinem menschlichen Wesen Schaden zufügen oder zulassen, daß ihm Schaden zugefügt wird!* Dieses Gesetz war unumstößlich und hatte Vorrang vor allen anderen.

Das zweite Gesetz: *Ein Roboter muß jeden Befehl ausführen, ausgenommen Befehle, die dem ersten Gesetz widersprechen.*

Das dritte Gesetz: *Ein Roboter darf sich selbst schützen, vorausgesetzt, daß er dabei nicht gegen das erste oder zweite Gesetz verstößt.*

Lucky wurde aus seinen träumerischen Gedanken gerissen, als er sah, wie der Roboter plötzlich stolperte. Fast wäre er gestürzt. Und doch war der Boden eben, und es gab nicht das kleinste Hindernis, an dem sein Fuß hängengeblieben sein konnte. Eine dünne Schattenlinie hätte jede Unebenheit verraten.

Nein, der Boden war völlig plan. Irgend etwas hatte den Schritt des Roboters gehemmt und ihn seitlich einknicken lassen. Er schlug wild mit den Armen um sich und gewann das Gleichgewicht wieder. Dann setzte er seinen Weg zu dem Schattenfleck fort, als sei nichts geschehen.

Für Lucky stand es nun fest, daß der Roboter nicht in Ordnung war.

Sie erreichten gemeinsam den Schatten, und Lucky schaltete die Helmlampe ein.

»Du handelst falsch, wenn du notwendige Einrichtungen zerstörst«, sagte er. »Damit fügst du Menschen Schaden zu.«

Das Gesicht des Roboters blieb natürlich völlig ausdruckslos. Mit unveränderter rauher Stimme antwortete er: »Ich führe nur Befehle aus.«

»Das ist das zweite Gesetz«, belehrte ihn Lucky ernst. »Du darfst aber keine Befehle ausführen, wenn du damit menschlichen Wesen schadest. Das wäre ein Verstoß gegen das erste Gesetz.«

»Ich habe keinen Menschen gesehen. Ich habe keinem Menschen Schaden zugefügt.«

»Du hast Menschen Schaden zugefügt, die du nicht gesehen hast. Das sage ich dir.«

»Ich habe keinem Menschen Schaden zugefügt«, beharrte der Roboter stur, und Lucky runzelte die Brauen über diese gedankenlose Wiederholung. Trotz seiner großartigen Erscheinung konnte der Roboter kein Modell der neuesten Fertigung sein.

»Ich bekam den Befehl, Menschen auszuweichen. Ich wurde immer gewarnt, wenn Menschen hierher kamen. Aber vor Ihnen hat man mich nicht gewarnt.«

Aus dem Schatten heraus blickte Lucky auf die glitzernde Landschaft des Merkur mit der rötlich-grauen Oberfläche, die nur gelegentlich von dem krümligen schwarzen Stoff unterbrochen wurde, der für diese Gegend des Planeten typisch war. Er dachte an Mindes, der den Roboter zweimal zu Gesicht bekam, ihn aber nicht zu stellen vermochte. Seine Geschichte war glaubwürdig.

Glücklicherweise war Lucky nun das Kunststück gelungen – dank der Geheimhaltung seines Ausflugs und mit Hilfe des Ergometers.

»Wer hat dir befohlen, Menschen auszuweichen?« fragte Lucky plötzlich in scharfem Ton.

Dabei rechnete er kaum damit, den Roboter zu übertölpeln. Das Gehirn eines Roboters ist mechanisch. Man kann es in keine Falle locken, und man kann es nicht austricksen. Genausowenig, wie man seine Helmlampe dadurch ein- oder ausschalten konnte, daß man so tat, als drücke man den entsprechenden Knopf, ohne es wirklich zu tun.

»Ich habe Befehl, diese Frage nicht zu beantworten«, sagte der Roboter. Und dann fuhr er langsam, mit knarrender Stimme fort, als spreche er die Worte gegen seinen Willen aus: »Ich will nicht, daß Sie weiter solche Fragen stellen! Sie verwirren mich.«

Es wird dich noch mehr verwirren, wenn du das erste Gesetz übertrittst!, dachte Lucky.

Entschlossen trat er aus dem Schatten ins Sonnenlicht.

Der Roboter folgte ihm. »Wie ist deine Seriennummer?« fragte Lucky.

»RL – 726.«

»Sehr gut, RL – 726. Ist dir klar, daß ich ein Mensch bin?«

»Ja.«

»Ich vertrage die Sonnenhitze auf dem Merkur nicht.«

»Ich auch nicht«, sagte der Roboter.

»Das habe ich schon gemerkt«, sagte Lucky und dachte daran, daß der Roboter vor ein paar Minuten fast gestürzt wäre. »Trotzdem verträgt ein Mensch die Hitze noch viel schlechter als ein Roboter. Verstehst du das?«

»Ja.«

»Na, gut, dann hör mal zu! Ich befehle dir, deine Zerstörungstätigkeit einzustellen. Ich befehle dir weiterhin, mir zu sagen, wer dich mit der Zerstörung der Einrichtungen beauftragte.«

»Ich habe Befehl ...«

»Wenn du mir nicht gehorchst«, sagte Lucky mit erhöhter Stimme, »bleibe ich so lange hier in der Sonne, bis ich tot bin. Dann hast du das erste Gesetz gebrochen, weil du zugelassen hast, daß ich sterbe, obwohl du es verhindern konntest.«

Lucky wartete mit grimmiger Miene. Die Aussage eines Roboters galt natürlich vor keinem Gericht als Beweis. Wenn der Roboter jedoch das sagte, was er erwartete, würde er ihm immerhin bestätigen, daß er auf der richtigen Spur war.

Aber der Roboter sagte gar nichts. Er schwankte. Ein Auge erlosch plötzlich (ein weiterer Defekt!) und flackerte dann wieder auf. Seine Stimme kreischte unverständliches Zeug. Dann stammelte er wie ein Betrunkener: »Ich werde Sie in Sicherheit bringen.«

»Ich würde mich wehren«, sagte Lucky kalt, »und du müßtest mich verletzen. Wenn du aber meine Frage beantwortest, gehe ich freiwillig in den Schatten. Dann hast du mir das Leben gerettet, und mir ist nicht das geringste passiert.«

Schweigen.

»Wirst du mir jetzt sagen«, fragte Lucky, »wer dir den Befehl gab, die Einrichtungen zu zerstören?«

Da plötzlich stürzte der Roboter auf Lucky zu. Es sah aus, als greife er ihn an. Doch einen halben Meter vor Lucky hielt er inne. »Ich habe Ihnen doch gesagt, daß Sie mir diese Frage nicht stellen sollen!«

Seine Hände fuhren hoch, als wolle er Lucky packen.

Lucky beobachtete ihn mit finsterem Gesicht, aber ohne jede Besorgnis. Nie würde ein Roboter Hand an einen Menschen legen!

Und richtig, der Roboter stoppte die Bewegung. Statt Lucky anzufassen, hob er eine seiner mächtigen Hände und legte sie sich an den Kopf. So sah ein Mann aus, der Kopfschmerzen hat.

Kopfschmerzen!

Ein Gedanke schoß Lucky durch den Kopf. Ewige Galaxis!

Er war blind gewesen, sträflich blind.

Nicht die Beine des Roboters waren es, die versagten. Nicht seine Stimme oder seine Augen. Was hätte die Hitze bei ihnen ausrichten können? Es war – anders konnte es gar nicht sein – das Positronengehirn selbst, das Schaden genommen hatte. Das empfindliche Positronengehirn, das der direkten Sonnenstrahlung auf dem Merkur ausgesetzt war – wie lange schon? Vielleicht Monate?

Dieses Gehirn mußte bereits teilweise funktionsunfähig sein.

Bei einem Menschen hätte man von Anzeichen eines

geistigen Zusammenbruchs gesprochen. Das erste Stadium auf dem Weg zum Wahnsinn.

Ein verrückt gewordener Roboter! Von Hitze und Strahlung in den Wahnsinn getrieben!

Wie lange würde ein defektes Positronengehirn noch die drei Gesetze befolgen?

Da stand nun Lucky Starr und drohte einem Roboter mit seinem eigenen Tod, während eben dieser halbverrückte Roboter mit ausgestreckten Armen auf ihn zuging!

Die verzwickte Lage, in der Lucky den Roboter gebracht hatte, konnte den Ausbruch des Wahnsinns noch beschleunigen.

Vorsichtshalber trat Lucky ein paar Schritte zurück und fragte: »Fühlst du dich auch wohl?«

Der Roboter gab keine Antwort, sondern beschleunigte seine Schritte.

Lucky überlegte. Wenn er imstande ist, das erste Gesetz zu brechen, steht er dicht vor der völligen Auflösung. Ein Positronengehirn ist dazu nur fähig, wenn es sich in einem völlig chaotischen Zustand befindet.

Andererseits hatte der Roboter monatelang gut funktioniert.

Vielleicht hielt er noch weitere Monate stand.

Um Zeit zu gewinnen, sprach Lucky weiter auf den Roboter ein.

Er fragte: »Hast du Kopfschmerzen?«

»Schmerzen?« sagte der Roboter. »Ich weiß nicht, was das Wort bedeutet.«

»Mir wird heiß«, sagte Lucky. »Wir ziehen uns lieber in den Schatten zurück.«

Keine Rede mehr davon, in der Sonne auszuharren, bis er tot wäre! Er setzte sich in Bewegung, fast schon im Laufschritt.

Die Stimme des Roboters rasselte. »Man hat mich angewiesen, jede Störung der mir erteilten Befehle zu verhindern.«

Seufzend griff Lucky nach seinem Blaster. Es war ein

Jammer, wenn er gezwungen wurde, den Roboter zu vernichten. Er war ein technisches Meisterwerk, und der Wissenschaftsrat konnte Nutzen daraus ziehen, wenn er ihn untersuchte. Es widerstrebte Lucky, ihn zu zerstören, bevor er von ihm die gewünschten Informationen erfahren hatte.

»Stopp!« befahl Lucky. »Keinen Schritt weiter!«

Doch der Roboter stürzte sich auf ihn. Mit ruckartigen Bewegungen griffen die Metallarme nach ihm. Lucky warf sich blitzschnell zur Seite. Die geringe Schwerkraft des Merkur kam ihm zustatten. Um Haaresbreite entkam er dem mörderischen Zugriff.

Wenn er auf diese Weise den Roboter in den Schatten locken könnte ...

Vielleicht würde die Kühle die in Unordnung geratenen positronischen Regelkreise in geordnetere Bahnen zurückbringen. Der Roboter würde vielleicht ruhiger werden, und dann brauchte Lucky ihn nicht zu zerstören.

Wieder sprang Lucky zur Seite, und wieder stürmte der Roboter haarscharf an ihm vorbei. Seine Metallbeine wirbelten schwarzen Staub auf, der sofort wieder zu Boden fiel, weil keine Luft ihn in der Schwebe hielt. Es war eine gespenstische Verfolgungsjagd – besonders unheimlich weil die wilden, stampfenden Schritte von Mensch und Roboter in dem luftleeren Raum keine Geräusche verursachten.

Luckys Zuversicht wuchs. Die Bewegungen des Roboters wurden immer ruckartiger. Mehr und mehr verlor das Positronengehirn die Kontrolle über die Getriebe und Relais, die seine Gliedmaßen bewegten.

Dennoch machte der Roboter den deutlichen Versuch, ihn nicht in den Schatten zu lassen. Also wollte er ihn zweifellos töten.

Doch Lucky brachte es nicht über sich, den Strahler zu benutzen.

Er blieb plötzlich stehen. Auch der Roboter stoppte. In

1,50 Meter Entfernung standen sie einander gegenüber, in einem jener schwarzen Flecken von Eisensulfid. Der schwarze Untergrund vermehrte die Hitze. Lucky fühlte eine nahende Schwäche. Der Roboter stand so, daß er ihm den Zugang zum Schatten versperrte.

»Aus dem Weg!« rief Lucky. Schon fiel ihm das Sprechen schwer.

»Man hat mich angewiesen, alles, was die mir erteilten Befehle stören könnte, zu unterbinden«, sagte der Roboter. »Sie haben gestört!«

Lucky blieb keine Wahl. Er hatte sich verrechnet. Er hatte sich darauf verlassen, daß die drei Gesetze der Robotik unter allen Umständen gültig blieben. Zu spät erkannte er seinen Irrtum, und nun blieb ihm nur eine Möglichkeit: um das eigene Leben zu retten, mußte er den Roboter zerstören.

Traurig hob er den Blaster.

Und fast im gleichen Augenblick wurde ihm bewußt, daß er einen zweiten Fehler begangen hatte. Er hatte zu lange gezögert. Erschöpfung und aufgestaute Hitze hatten seinen Körper zu einem unvollkommenen Werkzeug gemacht, genauso funktionsuntüchtig wie die Maschinerie des Roboters. Sein Arm hob sich nur träge, und seinem verschwimmenden Blick erschien der Roboter plötzlich doppelt so groß.

Lucky nahm nur noch eine huschende Bewegung wahr, und diesmal konnte er nicht mehr rechtzeitig ausweichen. Der Strahler wurde ihm aus der Hand geschlagen und flog davon. Eine metallene Hand schloß sich unwiderstehlich um seinen Arm, und ein Arm aus Metall legte sich um seine Hüfte.

Auch unter günstigsten Umständen wäre Lucky den stählernen Muskeln des Metallmannes nicht gewachsen gewesen. Kein Mensch besaß soviel Kraft. Jetzt schmolz auch jeder Widerstandswille in ihm. Er hatte nur noch einen Gedanken, nur ein Gefühl: die Hitze ist unerträglich!

Der Roboter verstärkte seinen Griff und bog Lucky

nach hinten wie eine Gummipuppe. Mit schwindendem Bewußtsein dachte Lucky noch an die strukturelle Schwäche seines Isolieranzugs. Ein normaler Raumanzug hätte ihn vielleicht sogar gegen die Kraft eines Roboters geschützt. Ein Isolieranzug vermochte das nicht. Jeden Augenblick konnte ein Segment nachgeben und aufplatzen.

Luckys freier Arm fiel kraftlos herab. Die Finger stießen in den schwarzen Sand.

Dann schoß ihm ein Gedanke durch den Kopf. Verzweifelt versuchte er, seine Muskeln zu einem letzten Aufbäumen gegen den anscheind unvermeidlichen Tod unter den Händen eines verrückt gewordenen Roboters zu zwingen.

XII

VORSPIEL ZU EINEM DUELL

Während Lucky ein Opfer der Hitze wurde, hatte Bigman einige Stunden zuvor dem Kältetod ins Auge gesehen. Er hing so hilflos im Griff der steinernen Stränge wie Lucky im stählernen Griff des Roboters. Doch es gab einen Unterschied. Bigman blieb ein Fünkchen Hoffnung, solange sich seine erstarrende Hand um den Strahler klammerte, der allerdings in Urtels Faust festgefroren schien.

Und jetzt gelang es Bigman tatsächlich, den Strahler loszureißen. Es geschah so plötzlich, daß seine klammen Finger ihn vor Überraschung fast fallen ließen.

»Himmlischer Mars!« murmelte er und hielt fest.

Hätte er gewußt, wo die Fangarme verwundbar waren, dann hätte er die Waffe auf diese Stelle gerichtet und abgedrückt. Dann konnten weder Urtel noch er selber verletzt werden. Aber so einfach war das Problem nicht. Aber so, wie es aussah, mußte er alles auf eine Karte setzen, und das war keine gute.

Mühsam verstellte er mit dem Daumen den Kontrollknopf für die Intensitätskontrolle immer weiter nach unten. Dabei kämpfte er gegen eine immer stärker werdende Müdigkeit, die ihn zu überwältigen drohte, und es war schon einige Minuten her, seit Urtel sein letztes Lebenszeichen von sich gegeben hatte.

Jetzt hatte Bigman die niedrigste Intensität eingestellt. Da ergab sich eine neue Schwierigkeit. Er mußte den Abzug des Blasters mit dem Zeigefinger erreichen, ohne daß ihm die Waffe entglitt.

Ewiger Weltraum! Er durfte sie auf keinen Fall fallen lassen.

Schließlich fand sein Zeigefinger den Abzug und zog durch.

Der Blaster wurde warm. Bigman sah das düsterrote Glühen an der Mündung. Es würde die Waffe ruinieren, denn ein Blaster war nicht als Hitzestrahler gedacht. Aber zum Teufel damit!

Mit letzter Kraft schleuderte Bigman den Blaster so weit er nur konnte.

Die Wirklichkeit begann um ihn zu versinken. Langsam tauchte er in die Bewußtlosigkeit ein.

Dann spürte er das erste schwache Glühen von Wärme. Das schwer arbeitende Aggregat seines Anzugs ließ Spuren wohliger Hitze in seinen Körper dringen. Bigman stieß einen schwachen Freudenruf aus. So gering die Wärme war, die er empfing, sie zeigte doch an, daß die wärmesaugenden Fangarme nicht mehr die ganze Energie für sich beanspruchten.

Er konnte die Arme bewegen. Versuchsweise hob er ein Bein hoch. Er war frei! Die Fangarme waren weg.

Im Schein der wieder helleuchtenden Helmlampe sah er die Stelle, wo der Blaster gelandet war. Die Stelle, ja, aber den Blaster nicht. Dort gewahrte er nur eine Masse träge durcheinanderkriechender Fangarme.

Mit zitternden Händen griff Bigman jetzt nach Urtels

Blaster, stellte ihn ebenfalls auf niedrigste Intensität und warf ihn noch weiter als den ersten. Wenn dessen Energie erschöpft war, würde sich das Wesen auf den zweiten stürzen.

»He, Urtel!« rief Bigman laut. »Hören Sie mich?«

Keine Antwort.

Mit aller verbliebenen Kraft zog er die Gestalt im Raumanzug hinter sich her. Urtels Helmlampe glomm noch, und die Anzeige seines Energieaggregats stand ein wenig über null. Bald würde die Temperatur im Innern seines Raumanzugs wieder normal sein.

Bigman rief die Kuppel. Eine andere Möglichkeit hatte er nicht. In ihrem geschwächten Zustand und mit der wenigen verbliebenen Energie in den Raumanzügen würden sie eine zweite Begegnung mit dem Merkurwesen nicht lebend überstehen. Irgendwie würde er es schon schaffen, vor den anderen Luckys augenblicklichen Aufenthalt zu verschweigen.

Bemerkenswert schnell waren die Retter aus der Kuppel zur Stelle.

*

Mit einer warmen Mahlzeit und zwei Tassen Kaffee im Magen, vom Licht und der wohltuenden Wärme der Kuppel umgeben, erholte sich Bigman rasch, und das schaurige Abenteuer war nur noch eine unangenehme Erinnerung.

Dr. Peverale bemühte sich um ihn, halb wie eine fürsorgliche Mutter, halb wie ein nervöser alter Mann. Sein eisengraues Haar war zerwühlt. »Sind Sie auch wieder ganz in Ordnung, Bigman? Keine üblen Nachwirkungen?«

»Mir geht's so gut wie nie«, behauptete Bigman. »Die Frage ist, Doc, wie geht es Urtel?«

»Auf dem Wege der Besserung.« Die Stimme des Astronomen wurde abweisend. »Dr. Gardoma hat ihn untersucht und meint, er werde sich rasch erholen.«

»Gut«, sagte Bigman.

»Machen Sie sich etwa Gedanken um ihn?« fragte Dr. Peverale mit einigem Erstaunen.

»Und wie, Doc. Ich brauche ihn noch.«

Dr. Henley Cook kam herein. Er zitterte beinahe vor Aufregung. »Wir haben Leute in die Stollen geschickt, die ein paar dieser Wesen einfangen sollen. Sie haben Heizkissen bei sich. Als Köder, verstehen Sie?« Er wandte sich an Bigman. »Was haben Sie für ein Glück gehabt, daß Sie entkamen!«

Bigman sah ihn empört an, und seine Stimme klang schrill, als er heftig erwiderte: »Das war kein Glück, das war Köpfchen! Ich dachte mir, daß sie furchtbar scharf auf Wärme sind, weil das ihr wichtigster Energiespender zu sein schien. Also gab ich ihnen Wärme.«

Während Dr. Peverale sich zurückzog, blieb Cook bei Bigman und entwickelte allerhand Theorien über die Wesen. »Man muß sich das mal vorstellen! Demnach waren die alten Legenden über den Kältetod doch wahr. Wirklich wahr! Eine tolle Sache! Steinerne Fangarme, die wie Schwämme energiespendende Wärme aufsaugen, wo immer sie sie finden. Haben Sie die Wesen auch wirklich genau gesehen, Bigman?«

»Natürlich. Ganz genau. Wenn sie eins fangen, werden Sie schon merken, daß meine Beschreibung exakt ist.«

»Was für eine Entdeckung!«

»Wie kommt es, daß man sie nicht schon früher entdeckt hat?« fragte Bigman.

»Nach Ihrem Bericht passen sich diese Lebewesen ihrer Umgebung meisterhaft an. Schutz durch Mimikry. Außerdem überfallen sie nur einzeln gehende Menschen. Vielleicht«, seine Worte überstürzten sich, und er knetete aufgeregt seine Finger, »vielleicht veranlaßt sie ein Instinkt oder sogar eine Art primitiver Intelligenz, sich versteckt zu halten. Ich bin da ziemlich sicher. Es gehört eine gewisse Intelligenz dazu, sich solange vor uns zu verbergen. Sie wußten, daß ihre einzige Sicherheit im Verborgenen lag. Also griffen sie nur an, wenn sie einen Mann ganz allein trafen. Dann betraten 30 Jahre oder länger überhaupt keine Menschen mehr die Bergwerke. Und obwohl sie nun ihrer ergiebigsten Wärmespender beraubt waren, unterlagen sie nie der Versuchung, in die Kuppel selbst vorzudringen. Erst als nach so langer Zeit wieder Menschen im Stollen erschienen, war *diese* Versuchung zu groß, und eins der Wesen griff an, obwohl die Männer zu zweit waren. Das wurde ihnen zum Verhängnis. Denn jetzt sind sie entdeckt!«

»Warum begeben sie sich denn nicht auf die Sonnenseite, wenn sie Energie haben wollen und so intelligent sind?« fragte Bigman.

»Vielleicht ist es ihnen da zu heiß«, antwortete Cook auf der Stelle.

»Aber sie haben sich auf den Blaster gestürzt, und der war rotglühend.«

»Vielleicht vertragen sie die harte Strahlung auf der Sonnenseite nicht. Oder vielleicht lebt auf der Sonnenseite ein anderes Volk dieser Wesen. Wer weiß! Vielleicht beziehen die Wesen der Nachtseite ihre Energie aus radioaktivem Erz und dem Licht der Korona.«

Bigman zuckte die Achseln. Er sah wenig Sinn in solchen theoretischen Überlegungen.

Auch Cook wechselte das Thema. Er sah Bigman nachdenklich an und rieb sich mit einem Finger rhythmisch am Kinn. »Sie haben also Urtel das Leben gerettet.«

»Allerdings.«

»Nun, vielleicht ist es gut so. Wäre Urtel umgekommen, hätte man die Schuld auf Sie geschoben. Senator Swenson hätte Ihnen, Lucky Starr und dem Wissenschaftsrat verdammt ungemütliche Stunden bereitet. Was immer Sie auch vorgebracht hätten, Sie wären nun einmal bei Urtels Tod dabei gewesen, und das hätte Swenson genügt.«

»Hören Sie«, sagte Bigman, der ungeduldig auf und ab schritt, »wann kann ich Urtel sprechen?«

»Wenn Dr. Gardoma Ihnen grünes Licht dafür gibt.«

»Dann rufen Sie ihn an, und sagen Sie ihm, er soll es tun!«

Cooks Blick ruhte nachdenklich auf dem kleinen Marsbewohner. »Was haben Sie vor?«

Und da Bigman gewisse Vorbereitungen treffen mußte, die die Schwerkraft betrafen, weihte er Cook teilweise in seine Pläne ein.

*

Dr. Gardoma öffnete die Tür und forderte Bigman durch ein Kopfnicken zum Eintreten auf. »Sie können ihn haben, Bigman«, flüsterte er. »Ich will ihn nicht.«

Er ging, und wieder waren Bigman und Urtel allein.

Jonathan Urtel war ein wenig bleich im Gesicht, aber das war auch das einzige, was an sein furchtbares Abenteuer erinnerte. Überdies fiel die Blässe kaum auf, weil sie zum großen Teil vom dunklen Schimmer der Bartstoppeln überdeckt wurde. Er grinste angriffslustig. Es sah aus, als fletsche er die Zähne. »Ich bin noch ganz, falls Sie das wissen wollten.«

»Genau deshalb bin ich gekommen. Und um Ihnen eine Frage zu stellen. Glauben Sie immer noch an den Unsinn, daß Lucky in den Stollen einen falschen sirianischen Stützpunkt errichten wollte?«

»Ich habe sogar vor, es zu beweisen.«

»Sie Dreckskerl, Sie wissen ganz genau, daß das eine Lüge ist, und Sie wollen natürlich gefälschte Beweise vorlegen – jawohl, gefälschte! Nun erwarte ich zwar nicht gerade, Sie würden mir auf den Knien danken, daß ich Ihnen das Leben rettete ...«

»Moment mal!« Urtel wurde zornrot im Gesicht. »Ich erinnere mich nur, daß mich das Ding zuerst überraschte – reiner Zufall. Was dann geschah, weiß ich nicht. Was *Sie* sagen, hat keinerlei Gewicht.«

Wutentbrannt schrie Bigman: »Sie dreckiger Weltraummüll, Sie haben laut um Hilfe gebrüllt!«

»Haben Sie einen Zeugen? Ich erinnere mich an nichts.«

»Was glauben Sie wohl, wer Sie gerettet hat?«

Ich glaube gar nichts. Vielleicht hat das Ding mich losgelassen und ist weitergekrochen. Vielleicht gab es das Ding überhaupt nicht, und mir ist nur ein Stein auf den Kopf gefallen, so daß ich bewußtlos wurde. Wenn Sie sich einbilden, ich würde mich an Ihrer Schulter ausweinen und Ihnen versprechen, daß ich in Zukunft Ihren korrupten Freund in Ruhe ließe, dann werden Sie eine große Enttäuschung erleben. Das wär's dann wohl. Auf Wiedersehen!«

»Sie vergessen eins«, sagte Bigman. »Sie haben versucht, mich zu ermorden.«

»Wo sind Ihre Zeugen? Und wenn Sie jetzt nicht verschwinden, schmeiße ich Sie achtkantig raus, Sie Zwerg.«

Bigman wappnete sich mit heroischer Geduld. »Ich schlage Ihnen einen Handel vor, Urtel. Sie stoßen alle möglichen Drohungen aus, weil Sie einen Zentimeter größer und ein halbes Pfund schwerer sind als ich. Aber als ich zum erstenmal hinlangte, da haben Sie gewinselt.«

»Ja, weil Sie ein Vibromesser hatten und ich unbewaffnet war. Das vergessen Sie gern!«

»Und ich sage, Sie sind ein Feigling. Los, schlagen wir uns! *Gleich jetzt!* Ohne Waffen. Oder fühlen Sie sich noch zu schwach?«

»Zu schwach für Sie? Nicht mal nach zwei Jahren im Krankenhaus!«

»Dann kämpfen Sie! Vor Zeugen! Wir können ins Kraftwerk gehen. Ich habe das schon mit Hanley Cook vereinbart.«

»Cook muß Sie wirklich hassen. Wie steht's mit Peverale?«

»Der wurde nicht erst gefragt. Und Cook haßt mich keineswegs.

»Er scheint jedenfalls nur darauf zu warten, daß Sie ums Leben kommen. Aber das Vergnügen werde ich ihm nicht machen. Warum soll ich mich mit einer halben Portion herumschlagen?«

»Feige, wie?«

»Ich sagte, warum? Sie wollten mir doch einen Handel vorschlagen.«

»Richtig. Wenn Sie gewinnen, verrate ich kein Wort von dem, was im Tunnel wirklich passiert ist. Wenn ich gewinne, lassen Sie in Zukunft den Wissenschaftsrat in Ruhe.«

»Ein eigenartiger Handel. Weshalb sollte ich mir um irgendeine Aussage von Ihnen Gedanken machen?«

»Sie haben Angst zu verlieren, wie?«

»Heiliger Weltraum!« Der Ausruf sprach Bände.

»Nun?« fragte Bigman lauernd.

»Sie halten mich wohl für einen Idioten? Wenn ich vor Zeugen mit Ihnen kämpfe, wird man mich hinterher wegen Mordes belangen. Ich brauche Sie doch nur mit dem kleinen Finger anzutippen, und Sie fallen aus den Pantinen. Suchen Sie sich eine andere Selbstmordmethode aus!«

»All right. Wieviel wiegen Sie mehr als ich?«

»Hundert Pfund«, sagte Urtel verächtlich.

»Ja, hundert Pfund Fett«, quietschte Bigman, und seine gnomenhaften Gesichtszüge verzerrten sich zu einer wütenden Grimasse. »Hören Sie, wir werden unter den Schwerkraftbedingungen des Merkur kämpfen. Dann haben Sie nur noch 40 Pfund Gewichtsvorteil. Und Sie verlieren andererseits nicht die Kontrolle über Ihren Körper. Ist das ein fairer Vorschlag?«

»Allmächtiger Weltraum, ich möchte Ihnen zu gern eins auf Ihr großes Maul geben. Danach wird Sie Ihre eigene Mutter nicht wiedererkennen.«

»Ich gebe Ihnen die Chance. Abgemacht?«

»Bei Erde und Mond, abgemacht! Ich werde versuchen, Sie nicht umzubringen, aber mehr kann ich nicht versprechen. Sie wollten es nicht anders haben! Sie haben mich ja geradezu darum angebettelt!«

»Ganz recht. Also, vorwärts! Gehen wir!« Bigman konnte es kaum erwarten. Vor Aufregung hopste er während des Gesprächs hin und her und übte sich mit flinken vogelähnlichen Bewegungen im Schattenboxen. Er freute sich so sehr auf das Duell, daß er keinen Gedanken an Lucky verschwendete oder auch nur im entferntesten etwas von dessen Todesnot ahnte. Woher sollte er auch wissen, daß Lucky in ein weit gefährlicheres Duell verstrickt war als er.

In dem unterirdischen Kraftwerk standen gewaltige Generatoren und andere schwere Geräte, aber es gab dort auch einen Raum für gesellige Zusammenkünfte des Personals. Hier war man im ältesten Teil der Kuppel. Hier hatten in den ersten Tagen, bevor noch ein Stollen in den Merkurboden gebohrt war, die Bauingenieure zwischen den Maschinen ihre Betten aufgeschlagen. Jetzt wurde der Raum gelegentlich für dreidimensionale Filmvorstellungen benutzt.

Heute aber sollte er als Kampfring dienen. Etwas skeptisch stand Cook mit einem halben Dutzend Technikern am Rand.

»Mehr kommen nicht?« fragte Bigman.

»Mindes und seine Leute sind auf der Sonnenseite«, erklärte Cook. »Zehn Männer jagen im Bergwerk nach Ihren Strängen, und die übrigen müssen die Instrumente bedienen.« Sein Blick glitt argwöhnisch über Urtel. »Wissen Sie wirklich, worauf Sie sich einlassen, Bigman?«

Urtel stand mit nacktem Oberkörper wartend da. Brust und Schultern waren stark behaart. Selbstbewußt ließ er seine athletischen Muskeln spielen.

Bigman sah gleichgültig an dem Gegner vorbei und fragte Cook: »Ist mit der Schwerkraft alles vorbereitet?«

»Wir können sie jederzeit umschalten. Ich habe die Leitungen so geschaltet, daß die übrige Kuppel unbeeinflußt bleibt. Ist Urtel einverstanden?«

»Sicher.« Bigman lächelte. »Alles klar, mein Freund!«

»Hoffentlich«, meinte Cook nachdrücklich.

Da rief Urtel auch schon: »Wann fangen wir denn endlich an?« Er musterte die wenigen Zuschauer und fragte: »Will jemand auf den kleinen Affen wetten?«

Mit einem unbehaglichen Grinsen betrachtete einer der Techniker Bigman, der sich inzwischen den Oberkörper freigemacht hatte. Er wirkte überraschend drahtig, aber der Größenunterschied gab dem bevorstehenden Duell einen grotesken Anstrich.

»Ich wette lieber nicht«, sagte der Techniker.

»Sind wir bereit?« fragte Cook.

»Ich ja«, antwortete Urtel.

Cook fuhr sich mit der Zunge über die blassen Lippen und legte den Haupthebel herum. Sofort änderte sich der Klang des gleichmäßigen Dröhnens, das von den Generatoren kam.

Die plötzliche Schwerkraftverringerung ließ Bigman und alle anderen schwanken. Auch Urtel kam aus dem Gleichgewicht, fing sich aber schnell wieder und trat bedächtig in die Mitte des freien Kampfraums. Er hielt es nicht für nötig, die Arme anzuheben, sondern wartete in völlig entspannter Haltung die Dinge ab.

»Na, los doch, du halbe Portion«, stichelte er.

XIII

DUELL MIT FOLGEN

Elastisch tänzelte Bigman auf Urtel zu. Seine Beine bewegten sich, als habe er Sprungfedern darin.

Und gewissermaßen hatte er auch welche. Da die Anziehungskraft des Merkur der des Mars fast genau entsprach, fühlte er sich unter diesen Bedingungen wie zu Hause. Seinen kühlen, grauen Augen entging nicht das kleinste Zucken von Urtels Muskeln, als dieser sich anstrengte, auf den Beinen zu bleiben.

Wer sich unter ungewohnten Schwerkraftbedingungen bewegte, hatte unweigerlich Schwierigkeiten, auch nur das Gleichgewicht zu halten.

Bigman war unaufhörlich in Bewegung. Er tänzelte von einer Seite zur anderen, sprang unberechenbar hin und her, was seinen Gegner ziemlich in Verwirrung brachte.

»Was soll das sein?« knurrte Urtel verärgert. »Ein Marswalzer?«

»So ungefähr«, sagte Bigman. Seine Rechte schoß vor, und die bloßen Knöchel seiner Faust bohrten sich in Urtels Körper. Es gab ein klatschendes Geräusch. Der große Mann taumelte.

Die Zuschauer hielten den Atem an. Einer rief: »Bravo, Junge!«

Bigman stemmte die Arme in die Hüften und wartete ruhig ab, bis Urtel sich wieder vor ihm aufbaute.

Darüber vergingen etwa fünf Sekunden. Aber jetzt hatte Urtel einen großen roten Fleck am Körper, und der Zorn trieb ihm das Blut in die Wangen.

Er holte weit aus und schlug mit der Rechten zu, ohne die Faust ganz zu schließen. Es sah aus, als wolle er einem lästigen Insekt für immer den Garaus machen.

Aber Bigman duckte ab. Nicht mehr als nötig. Nur um Zentimeter verfehlte ihn Urtels Schwinger, so gut hatte Bigman seinen Körper in der Gewalt. Urtel aber wurde vom Schwung seines fehlgegangenen Schlags mitgerissen und drehte sich um die eigene Achse.

Bigman pflanzte ihm eine Fußsohle auf den Hosenboden und stieß kräftig zu. Den Rückstoß fing er, auf einem Bein hüpfend, sicher ab. Urtel aber fiel in einer grotesken Zeitlupenbewegung vornüber.

Die Zuschauer lachten.

Einer rief: »Hab' mir's überlegt. Möchte jetzt doch auf den Kleinen wetten!«

Urtel schien das alles nicht zu hören. Er baute sich wieder vor Bigman auf. Speichel rann aus den Winkeln des dicklippigen Mundes zum Kinn hinunter.

»Schwerkraft umschalten!« verlangte er mit heiserer Stimme. »Wieder auf normal stellen!«

»Was ist los, Dickwanst?« reizte ihn Bigman.. »40 Pfund Gewichtsvorteil. Reicht das noch nicht?«

»Ich bring ihn um«, brüllte Urtel. »Ich bring' den Kerl um!«

»Na, los doch!« Bigman breitete spöttisch die Arme aus, als warte er sehnlich auf ihn.

Aber Urtel ließ sich zu keiner Unvorsichtigkeit hinreißen. Er umkreiste Bigman mit unbeholfenen Schritten. »Nur Geduld«, warnte er. »Gleich hab' ich mich an die veränderte Schwerkraft gewöhnt. Dann pack' ich zu und reiß ihm ein Ohr oder sonstwas ab.«

»Das möchte ich erleben!«

Die Zuschauer waren still geworden. Es herrschte die Stille vor dem Sturm. Urtel stand gebückt da, der mächtige Körper wie ein Bierfaß, mit pendelnden Armen und weit gespreizten Beinen. Er schien sich den veränderten Bedingungen tatsächlich anzupassen.

Verglichen mit ihm, war Bigman ein schmales Handtuch. Zwar bewegte er sich anmutig wie ein Tänzer, aber er war doch so mitleiderregend klein!

Doch er schien sich seiner Sache völlig sicher. Mit einem kräftigen Absprung schnellte er sich hoch in die Luft, und als Urtel mit den Fäusten nach ihm schlug, hob Bigman die Füße an und landete im Rücken seines Gegners, der sich nicht so schnell drehen konnte.

Es gab lauten Beifall, Bigman grinste.

Mit einer pirouettenartigen Wendung tauchte er unter den kräftigen Armen des Gegners weg. Dann landete er einen harten Handkantenschlag auf Urtels muskulösem Oberarm.

Urtel unterdrückte mit Mühe einen Aufschrei und wirbelte herum.

Bigman fuhr fort, Urtel auf alle möglichen Arten zu piesacken, um ihn aus der Reserve zu locken. Aber Urtel durchschaute seine Taktik und ließ sich zu keinem unbedachten Angriff verleiten.

Der kleine Mann vom Mars war ständig in Bewegung. Ran an den Gegner und schnell wieder weg! Seine blitzschnellen Schläge schienen nur harmlose Wischer zu sein, hatten aber doch schmerzhafte Wirkung.

Dennoch empfand Bigman allmählich so etwas wie Respekt vor Urtel. Der Dicke konnte allerhand einstecken. Wie ein großer Bär hielt er die Stellung gegen die Angriffe eines Jagdhundes. Bigman war dieser Jagdhund, der in sicherer Entfernung lauerte, plötzlich vorstieß, zuschnappte und sich knurrend wieder aus der Reichweite der Bärenpranken zurückzog.

Urtel sah jetzt auch wie ein Bär aus – mit dem breiten, haarigen Körper, den kleinen, blutunterlaufenen Augen, dem kantigen Gesicht und dem strubbligen Kinn.

»Schlag doch zu, Feigling!« reizte ihn Bigman. »Die Zuschauer wollen auch mal von dir etwas sehen!«

Urtel schüttelte langsam den Kopf. »Komm erst näher ran!« sagte er.

»Sicher«, sagte Bigman und stieß blitzschnell vor. Mit einer gestochenen Geraden traf er Urtel am Kinnwinkel, tauchte unter seinen Armen weg und war schon wieder außer Reichweite, als Urtel zuschlug.

Urtel kam zu spät. Er bremste den nutzlosen Schlag ab. Er schwankte etwas. »Versuch das noch mal!« grollte er.

Bigman ließ sich das nicht zweimal sagen. Wieder schoß er wie eine Rakete auf den Gegner zu, brachte einen Treffer an, tauchte diesmal unter dem anderen Arm weg, brachte sich in Sicherheit und quittierte die lauten Beifallsrufe des Publikums mit einer artigen kleinen Verbeugung.

»Versuch's noch mal!« sagte Urtel schwerfällig.

»Na, klar«, sagte Bigman. Und wieder kam er vorwärts.

Aber diesmal ließ sich Urtel nicht überrumpeln. Oberkörper und Arme blieben unbeweglich, als er den rechten Fuß vorstreckte.

Bigman versuchte auszuweichen. Ohne Erfolg. Urtels Tritt traf ihn am Knöchel. Der Schmerz war höllisch, und Bigman schrie auf.

Doch er verlor die Übersicht nicht. Rasch drehte er sich in den Rücken des Gegners und versetzte ihm von hinten einen kräftigen Stoß.

Inzwischen aber hatte sich Urtel an die veränderte Schwerkraft gewöhnt und flog nicht mehr hilfslos nach vorn. Während Bigman noch auf schmerzendem Fuß herumhinkte, kam Urtel wieder zu festem Stand.

Mit einem wilden Schrei griff er an. Bigman drehte sich auf dem heilgebliebenen Fuß um seine Achse. Doch diesmal war er nicht schnell genug. Eine mächtige Pranke packte ihn an der rechten Schulter. Eine zweite schien ihm den Ellbogen zu zerquetschen. Urtel zwang ihn zu Boden und warf sich über ihn.

Im Publikum wurden Rufe des Mitleids laut. Cook war leichenblaß geworden und schrie: »Stoppt den Kampf!« Seine Stimme brach. Niemand kümmerte sich um ihn.

Urtel erhob sich und stemmte den Mann vom Mars in die Höhe, als wöge er nicht mehr als eine Feder. Bigmanns Gesicht war schmerzverzerrt. Zappelnd versuchte er, ein Bein auf den Boden zu bekommen.

»Du bist dir wohl mächtig schlau vorgekommen, als du mich zu einem Kampf bei geringer Schwerkraft überredet hast, wie?« flüsterte Urtel dem kleinen Mann zu. »Bist du immer noch dieser Ansicht?«

Doch Bigman hatte anderes zu tun, als sich eine Antwort zu überlegen. Er mußte mindestens einen Fuß auf den Boden bekommen ... In diesem Augenblick fühlte er, daß sein rechter Fuß auf Urtels Knie ruhte. Das mußte genügen.

Mit aller Kraft stieß er sich ab und warf den Köper nach hinten.

Urtel wurde mitgerissen. Aber es bestand kaum Gefahr für ihn. Doch dann machte er einen Fehler. Im Eifer, festen Stand zu gewinnen, spannte er die Muskeln zu stark an. Das hatte bei der niedrigen Schwerkraft zur Folge, daß er nun zur entgegengesetzten Richtung, also nach hinten kippte. Und Bigman, der genau dies hatte erreichen wollen, warf sich herum und legte sein ganzes Gewicht auf Urtel.

Der stürzte um wie ein gefällter Baum. Das Ganze geschah so schnell, daß die Zuschauer die Einzelheiten gar nicht mitbekamen. Beinahe wäre Bigman ganz freigekommen.

Wie eine Katze war er wieder auf den Beinen, aber seinen rechten Arm hielt Urtel trotz des schweren Sturzes eisern fest. Mit der Linken hämmerte Bigman auf Urtels Handgelenk und stieß gleichzeitig mit dem Knie nach dem Ellbogen des Gegners.

Urtel heulte auf. Er fürchtete, ihm werde der Arm gebrochen. Er warf sich herum, und dabei mußte er den Griff um Bigman lockern.

Der nutzte die Chance raketenschnell. Durch einen kräftigen Ruck befreite er den rechten Arm vollends, ließ aber dabei Urtels Handgelenk nicht los. Mit der Rechten packte er Urtel am Oberarm. Die Situation hatte sich völlig umgedreht.

Urtel bemühte sich, wieder auf die Beine zu kommen. Indessen beugte Bigman den Oberkörper nach hinten. Seine Rückenmuskeln spannten sich.

Und dann hob er langsam den schweren Körper Urtels vom Boden hoch. Eine derartig eindrucksvolle Leistung war nur unter niedriger Schwerkraft möglich.

Bigmans Muskeln waren zum Zerreißen gespannt, als er Urtel, so hoch es ging, stemmte und ihn dann mit einer letzten Kraftanstrengung von sich stieß. In einer Parabel schwebte Urtel zu Boden, grotesk langsam für die Augen von Erdmenschen.

Während die Techniker gebannt auf das Geschehen

starrten, ereignete sich ein plötzlicher Gravitationswechsel. Von einer Sekunde zur anderen herrschten Schwerkraftbedingungen wie auf der Erde. Das war zu viel für Bigman. Unter dem mehr als verdoppelten Gewicht gab sein verletzter Knöchel nach, und er ging in die Knie. Aber den Zuschauern erging es nicht besser. Erstaunte Rufe und Angstschreie ertönten. Keiner konnte sich auf den Beinen halten.

Bigman bekam kaum mit, was mit Urtel geschah. Der Gravitationswechsel erwischte ihn gerade im höchsten Punkt seiner parabolischen Flugkurve und hatte zur Folge, daß er wie ein Stein zu Boden fiel. Dabei schlug er mit dem Kopf auf die vorstehende Strebe eines Generators. Es gab einen scharfen Laut wie bei einem Knochenbruch.

Mit Mühe rappelte Bigman sich auf. In seinem Kopf summte es. Schwankend versuchte er sich zu orientieren. Dann sah er, daß Urtel in verdrehter Haltung reglos am Boden lag. Neben ihm kniete Cook.

»Was ist los?« rief Bigman. »Was ist mit der Schwerkraft passiert?«

Andere stellten die gleiche Frage. Bigman kam es vor, als habe von allen nur Cook klaren Kopf und Übersicht behalten.

»Zum Teufel mit der Schwerkraft«, rief Cook. »Urtel hat es erwischt!«

»Ist er verletzt?« fragte jemand.

»Wenn's das nur wäre«, antwortete Cook und stand auf. »Ich fürchte, er ist tot.«

Unsicher kamen sie heran und bildeten einen Kreis um den Verunglückten.

»Lassen Sie Dr. Gardoma holen!« sagte Bigman, aber er vernahm kaum die eigene Stimme. In seinem Kopf hatte eine verblüffende Idee Gestalt gewonnen.

»Das wird ernste Konsequenzen haben«, sagte Cook. »Sie haben ihn umgebracht, Bigman.«

»Nicht ich habe das getan«, verteidigte sich Bigman. »Es war der plötzliche Gravitationswechsel.«

»Das wird schwer zu beweisen sein. Sie haben ihn zu Boden geworfen.«

»Keine Sorge«, sagte Bigman. »Ich drücke mich vor keiner Verantwortung.«

Cook fuhr sich mit der Zunge über die Lippen und schaute ihn nicht an. »Ich hole jetzt Gardoma.«

*

Gardoma kam fünf Minuten später. Seine Untersuchung Urtels war schnell vorüber. Cook hatte sich nicht geirrt.

Der Arzt erhob sich, wischte die Hände an einem Taschentuch ab und sagte ernst: »Tot. Schädelbruch. Wie ist es geschehen?«

Mehrere Zeugen begannen auf einmal zu sprechen, aber Cook brachte sie mit einer Handbewegung zum Schweigen. Er sagte: »Eine Schlägerei zwischen den verfeindeten Bigman und Urtel ...«

»Zwischen Bigman und Urtel!« Dr. Gardoma war außer sich. »Wie konnte man das zulassen? Sind Sie verrückt geworden? Wie sollte denn Bigman gegen einen so überlegenen Geg ...«

»Nun mal langsam!« unterbrach ihn Bigman. »*Ich* bin heil geblieben.«

»Genau so ist es«, fiel Cook schnell ein. Er wollte seine Hände in Unschuld waschen. »Der Tote ist Urtel. Und Bigman war es schließlich, der die Schlägerei angezettelt hat. Das geben Sie doch hoffentlich zu, oder?«

»Selbstverständlich«, sagte Bigman. »Außerdem bestand ich darauf, daß der Kampf unter Merkur-Gravitation stattfinden solle.«

Dr. Gardoma riß die Augen auf. »Merkur-Gravitation! Hier?« Er sah auf seine Füße herab, als könne er seinen Sinnen nicht trauen.

»Jetzt nicht mehr«, erklärte Bigman. »Urplötzlich wechselte das Pseudo-Grav-Feld auf Erd-Schwerkraft, und das im ungeeignetesten Augenblick. Bamm! Ohne

Vorwarnung! Das war's, was Urtel umgebracht hat. Ich kann überhaupt nichts dafür.«

»Was hat den Gravitationswechsel ausgelöst?« fragte Gardoma.

Alle schwiegen.

Dann begann Cook zögernd: »Vielleicht ein Kurz …«

»Unsinn«, unterbrach ihn Bigman, »der Hebel ist hochgestellt. Der stellt sich nicht von allein!«

Wieder herrschte Schweigen, und jetzt war es bedrükkend.

Ein Techniker räusperte sich. »Vielleicht stieß in der Aufregung jemand mit der Schulter an den Hebel und drückte ihn hoch, ohne es zu merken.«

Ein paar Männer nickten beifällig. Einer sagte: »Allmächtiger Weltraum, es ist nun mal passiert!«

»Ich muß einen Bericht über den Vorfall schreiben«, sagte Cook. »Bigman …«

»Ha«, meinte der kleine Marsbewohner ruhig, »werde ich wegen Totschlags festgenommen?«

»N-nein«, antwortete Cook unschlüssig. »Sie bleiben vorläufig auf freiem Fuß. Aber ich muß diesen Bericht schreiben, und es kann sein, daß Sie später doch festgenommen werden.«

»So, so. Besten Dank für die Warnung.« In diesem Augenblick fiel Bigman sein Freund Lucky ein. Seit der Rückkehr aus den Bergwerken hatte er nicht an ihn gedacht. Nun würde Lucky, wenn er wieder in der Kuppel auftrat, gleich mit neuen Unannehmlichkeiten überrascht werden.

Aber bei diesem Gedanken spürte der kleine Marsbewohner eher ein lustvolles Kribbeln, denn er war sich seiner Sache sicher … und nebenbei würde er Lucky beweisen, daß er auch nicht ohne war.

Eine bekannte Stimme rief: »Bigman!«

Alle schauten auf. Peverale kam die Rampe von den oberen Stockwerken herabgeschritten. »Großer Weltraum! Bigman, sind Sie da unten? Und Cook?« Er fügte in nörgelndem Ton hinzu: »Was geht hier eigentlich vor sich?«

Niemand brachte eine Antwort heraus. Der Blick des alten Astronomen fiel auf Urtels Leiche. »Ist er tot?« fragte er, ein wenig erstaunt.

Danach schien Peverale, zu Bigmans nicht geringer Überraschung, jedes Interesse an dem Vorfall zu verlieren. Ohne auf Antwort zu warten, wechselte er das Thema.

»Wo ist Lucky Starr?« fragte er Bigman.

Bigman öffnete den Mund, aber es kam kein Ton heraus. Schließlich brachte er mühsam zustande: »Warum fragen Sie?«

»Ist er immer noch unten in den Stollen?«

»Nun ...«

»Oder ist er auf der Sonnenseite?«

»Hm ...«

»Großer Weltraum! Ist er auf der Sonnenseite, Mann?«

»Ich weiß nicht, warum Sie fragen«, murmelte Bigman.

»Mindes ist mit seinem Düsen-Flitzer unterwegs«, sagte Peverale ungeduldig. »Er streift durch das Gelände, wo seine Kabel verlegt sind. Das macht er von Zeit zu Zeit.«

»So?«

»Ja! Und entweder ist Mindes verrückt geworden, oder er hat da draußen wirklich Lucky Starr gesehen, wie er behauptet.«

»Wo?« rief Bigman erschrocken.

Dr. Peverale preßte ärgerlich die Lippen aufeinander. »Also, dann stimmt es. Er ist da drüben! Nun, offenbar hatte Ihr Freund Lucky Starr erhebliche Schwierigkeiten mit einem Maschinenmenschen, einem Roboter ...«

»Mit einem Roboter!«

»Und Mindes hat um Verstärkung gebeten. Er meldete soeben, daß Lucky Starr tot ist!«

XIV

VORSPIEL EINER VERHANDLUNG

Als sich die stählernen Arme des Roboters unwiderstehlich um ihn schlossen, war Lucky auf das Schlimmste gefaßt. Er erwartete zu sterben. Aber eine Weile verging, und er lebte immer noch. Da schöpfte er ein wenig Hoffnung.

Konnte es sein, daß der Roboter nicht fähig war, ihn zu töten, weil ihm als oberstes Gebot einprogrammiert war, daß er nie einem Menschen Schaden zufügen dürfe? Daß auch sein teilweise zerstörtes Positronengehirn diesem Befehl gehorchen mußte?

Doch gleich darauf verwarf Lucky diese Hoffnung. Denn er merkte, daß der Roboter den Druck seiner Arme in gewissen Abständen verstärkte.

Er schrie aus vollem Hals: »Laß mich los!« Dabei hob er seine freie Hand aus dem schwarzen, krümligen Boden. Er hatte noch eine letzte Chance, wenn sie auch winzig klein war.

Er tastete nach dem Kopf des Roboters. Er konnte nicht hinschauen, denn die stählernen Arme preßten ihn gegen die Brust des Roboters. Seine Hand glitt über die glatte Oberfläche des metallenen Kopfes. Zweimal, dreimal, viermal. Dann ließ er die Hand sinken.

Mehr konnte er nicht tun.

Dann ... Spielte ihm die Einbildung einen Streich? Oder ließ der eiserne Griff des Roboters wirklich nach? Stellte sich Merkurs große Sonne endlich auf seine Seite?

»Roboter!« schrie er.

Der Roboter gab nur ein Geräusch von sich – es klang wie das Knirschen rostiger Zahnräder.

Kein Zweifel mehr, die Umklammerung wurde schwächer. Es war an der Zeit, die Rettung zu beschleunigen. Er mußte aktivieren, was in dem Positronengehirn vom Gesetz der Robotik noch unzerstört gespeichert war.

»Du darfst keinem menschlichen Wesen Schaden zufügen!« stieß Lucky keuchend hervor.

»Ich darf nicht ...« Der Roboter stammelte nur noch. Plötzlich brach die rauhe Stimme ab, und unvermittelt stürzte der Roboter zu Boden.

Aber der Griff löste sich nicht. War es eine Art Totenstarre?

»Roboter!« befahl Lucky. »Laß mich los!«

Ruckweise gaben die Arme des Roboters nach. Zwar nicht ganz, aber wenigstens bekam Lucky die Beine frei. Und er konnte auch den Kopf bewegen.

Und er wiederholte seine Frage: »Wer gab dir den Befehl für die Zerstörungen?«

Er befürchtete jetzt keine unkontrollierte Reaktion des Roboters mehr. Er war sich bewußt, daß er selber das Positronengehirn zerstört hatte. Aber vielleicht blieb in den letzten Augenblicken vor der völligen Auflösung noch ein Überrest des zweiten Gesetzes in Kraft. Deshalb wiederholte er, so eindringlich er konnte: »Wer hat dir befohlen, die Einrichtungen zu zerstören?«

Der Roboter gab nur noch ein undeutliches Geräusch von sich: »Rrrk ... rrkk ...« Dann riß die Sprechfunkverbindung ab. Noch zweimal öffnete und schloß der Maschinenmensch den Mund, als wolle er jetzt in höchster Not sich mit normalen Schallwellen verständlich machen.

Und dann war es aus.

Der Roboter war tot.

Lucky war gerettet. Aber er war noch benommen. Ihm fehlte die Kraft, sich ganz aus der Umklammerung des toten Roboters zu befreien. Seine Sprechfunkanlage war bei dem Kampf zerdrückt worden.

Er mußte erst wieder zu Kräften kommen. Dazu galt es, sich aus der direkten Strahlung der großen Merkursonne zu entfernen, und zwar so schnell wie möglich. Das hieß, daß er den Schatten des nahegelegenen Felsens erreichen mußte, in den er schon während seines Duells mit dem Roboter hatte gelangen wollen.

Jeder Muskel, jeder Knochen tat ihm weh. Mühsam rappelte er sich auf. Und dann kroch er auf den Schatten zu, Zentimeter um Zentimeter. Dabei schleppte er den Roboter, den er nicht losgeworden war, mit sich. Ewigkeiten vergingen. Ungerührt schaute das Universum zu.

Keuchend gewann Lucky in diesem quälend langsamen Wettlauf mit dem Tod Boden.

Alle Kraft hatte ihn verlassen. In seinen Beinen war überhaupt kein Gefühl mehr. Und der Roboter schien mehrere Zentner zu wiegen.

Da half ihm auch nicht mehr die niedrige Schwerkraft des Merkur. Die Arbeit überstieg einfach seine geschwächten Kräfte. Nur noch der Wille trieb ihn vorwärts.

Zuerst erreichte er mit dem Kopf den ersehnten Schatten. Es wurde dunkel um ihn. Er wartete. Sein Atem flog. Dann nahm er die letzten Kräfte zusammen. Seine Beinmuskeln spannten sich zum Zerreißen. Und er kroch weiter.

Noch ein Zentimeter, und noch einer ...

Dann hatte er es geschafft!

Er war im Schatten. Ein Bein des Roboters ragte noch in die Sonne und glänzte hell. Sein reflektierendes Licht war das letzte, was Lucky sah, bevor er ohnmächtig wurde.

*

Nach einer langen Zeitspanne kehrten die Sinne mühsam zurück.

Als er endgültig wach wurde, lag er auf einem weißen Bett und bemühte sich, die Bruchstücke seiner Erinnerung zu einem zusammenhängenden Bild zu vereinigen. Sein Gedächtnis lieferte Momentaufnahmen von herbeieilenden Menschen, die vage Erinnerung an eine Fahrt in einem Düsenfahrzeug, an Bigmans erregte Stimme und an das besorgte Gesicht eines Arztes.

Danach wieder Leere. Und dann die sanfte Stimme Dr. Peverales, der ihm vorsichtig einige Fragen stellte. Lucky erinnerte sich gut, daß er fähig gewesen war, ihm zusammenhängend Bericht zu erstatten. Das bedeutete, daß er die Krise überwunden hatte. Er schlug die Augen auf.

Über ihm schwebte Dr. Gardomas ernstes Gesicht. Der Arzt hielt eine Spritze in der Hand. »Wie fühlen Sie sich?« fragte er.

Lucky lächelte mühsam. »Wie sollte ich mich wohl fühlen?«

»Sie sind wahrscheinlich fix und fertig. Sie haben allerhand hinter sich. Daß Sie noch am Leben sind, ist ein kleines Wunder. Sie verdanken es nur Ihrer fabelhaften Konstitution.«

Bigman hatte bisher angstvoll und mitleidend etwas abseits gestanden. Jetzt trat er in Luckys Gesichtskreis. »Wenn es nach diesem verdammten Mindes gegangen wäre«, sprudelte es aus ihm heraus, »hättest du es nicht geschafft. Warum hat dieser Vollidiot Lucky nicht sofort in Sicherheit gebracht, als er das Roboterbein in der Sonne glitzern sah? Worauf wartete er eigentlich? Wollte er Lucky sterben lassen?«

Dr. Gardoma legte die Spritze beiseite und wusch sich die Hände. Er kehrte Bigman den Rücken zu, als er die Antwort auf dessen drängende Fragen gab: »Scott Mindes glaubte felsenfest, daß Lucky tot sei. Und in dieser Situation hatte er nur den einen Gedanken: ›Bleib von der Leiche weg! Sonst hält man dich womöglich noch für den Mörder!‹ Schließlich hatte er ja schon einmal Lucky beinahe umgebracht, und diesen Vorfall hatte inzwischen bestimmt keiner vergessen.«

»Trotzdem begreife ich sein Verhalten nicht. Der Roboter ...«

»Mindes stand in letzter Zeit dauernd unter Streß. Er sandte einen Hilferuf aus. Das war das Beste, was er unter diesen Umständen tun konnte.«

»Laß nur, Bigman«, sagte Lucky. »Ich war ja nicht

mehr in Lebensgefahr. Ich habe mich im Schatten ausgeruht und gesundgeschlafen. Jetzt geht es mir schon viel besser. Was ist mit dem Roboter, Gardoma? Hat man ihn geborgen?«

»Wir brachten ihn in die Kuppel. Aber leider ist sein Gehirn völlig durchgeschmort. Aus den Überresten lassen sich keine Erkenntnisse mehr gewinnen.«

»Sehr schade«, sagte Lucky.

Der Arzt hob die Stimme. »Jetzt reicht es, Bigman. Lassen Sie ihn in Ruhe! Er muß schlafen!«

»He ...«, protestierte Bigman.

»Lassen Sie es gut sein, Gardoma«, sagte Lucky. »Er soll hier bleiben. Ich möchte mit ihm unter vier Augen sprechen.«

Dr. Gardoma schien unschlüssig. Dann zuckte er die Achseln. »Sie brauchen unbedingt Schlaf. Aber ich genehmige Ihnen eine halbe Stunde. Danach muß er gehen.«

»Ist klar.«

Sobald sie allein waren, packte Bigman Lucky an den Schultern und schüttelte ihn. »Du dummer Affe«, keuchte er mit halberstickter Stimme, »wenn die Hitze den Roboter nicht im letzten Augenblick erwischt hätte ...«

Lucky lächelte lustlos. »Nein, Bigman, Zufall war das nicht. Wenn ich mich auf ein Happyend wie in einer Weltraum-Oper im Fernsehen verlassen hätte, wäre ich jetzt ein toter Mann. Um mich zu retten, mußte ich den Roboter töten. Und genau das habe ich getan.«

»Ja, aber wie?«

»Sein Schädel war auf Hochglanz poliert, um soviel wie möglich von der Sonneneinstrahlung zu reflektieren. Im Laufe der Zeit war die Temperatur aber so hoch angestiegen, daß sein Positronengehirn halbverrückt, wenn auch nicht ganz gelähmt war. Zu meinem Glück besteht ein Teil des Merkurbodens aus einer krümligen schwarzen Substanz. Es gelang mir, etwas davon auf seinen Helm zu schmieren.

»Zu welchem Zweck?«

»Schwarz reflektiert die Sonnenstrahlen nicht, sondern absorbiert sie. Dadurch stieg die Temperatur seines Positronengehirns sehr schnell über die kritische Grenze. Es schmorte fast sofort durch. Dennoch … es war ein knappes Entkommen. Aber sprechen wir nicht mehr davon! Was ist inzwischen hier passiert? Falls überhaupt etwas passierte!«

»Und ob! Du wirst staunen!« Und Bigman begann zu berichten. Lucky hörte aufmerksam zu, und im Laufe der Erzählung wurde sein Gesicht immer ernster.

Zum Schluß standen düstere Wolken auf seiner Stirn. Er war ausgesprochen ärgerlich. »Warum hast du überhaupt mit Urtel gekämpft?« wollte er wissen. »Das war doch eine große Dummheit!«

»Lucky«, widersprach Bigman empört, »das war Strategie! Du behauptest immer, ich stürze mich nur Hals über Kopf in irgendwelche Abenteuer und sei zu taktischen Überlegungen nicht fähig. Aber das war eiskalt berechnet. Ich wußte genau, daß ich ihn bei geringer Schwerkraft besiegen könnte …«

»Mir scheint, du hättest beinahe verloren. Du hast den Fußknöchel verbunden.«

»Da bin ich ausgerutscht. Pech! Aber schließlich *habe* ich gewonnen! Wir hatten vorher einen Handel abgeschlossen. Er hätte nämlich dem Wissenschaftsrat die Hölle heiß machen können. Aber er versprach, es zu unterlassen, wenn ich gewinnen sollte.«

»Und du hast dich auf sein Wort verlassen?«

»Nun …« Bigman wurde unsicher.

Lucky fuhr fort: »Du sagst, du hast ihm das Leben gerettet. Er wußte es, und doch veranlaßte ihn das nicht zur Aufgabe seines Plans. Hast du wirklich geglaubt, er würde zugänglicher sein, nachdem er einen Boxkampf gegen dich verloren hat?«

»Nun …« setzte Bigman noch einmal an.

»Eher würde er doch nach dieser öffentlichen Demütigung vor Rachelust schnauben … Ich will dir was sagen,

Bigman. Du wolltest weiter nichts, als ihn verprügeln, weil er sich über dich lustig gemacht hat. Der sogenannte Handel, den du mit ihm abgeschlossen hast, war nur ein Deckmantel für dich. Es ging dir allein um das Vergnügen der Schlägerei. Habe ich recht?«

»Ach, Lucky, beim Mars ...«

»Irre ich mich etwa?«

»Ich wollte die Vereinbarung treffen ...«

»Aber in erster Linie wolltest du den Boxkampf. Und jetzt sieh dir den Schlamassel an, in den du uns gebracht hast!«

Bigman schlug die Augen nieder. »Es tut mir leid.«

Sofort bereute Lucky seine harten Worte. »Ach, große Galaxis, Bigman, ich bin ja nicht böse auf dich! Ich mache mir doch auch selber Vorwürfe. Immerhin habe ich den Roboter völlig falsch eingeschätzt und hätte es beinahe mit dem Leben bezahlt. Ich sah, daß er nicht mehr richtig funktionierte, kam aber nicht darauf, daß die Hitze sein Positronengehirn beschädigt hatte. Nachher war es fast zu spät ... Nun, man soll aus Fehlern lernen. Die Frage ist, wie wir mit der Angelegenheit Urtel fertig werden.«

Bigmans Lebensgeister hoben sich merklich. »Auf jeden Fall sind wir den Dreckskerl los.«

»Das stimmt«, gab Lucky zu. »Aber wie steht es mit Senator Swenson?«

»Hmm.«

»Wie sollen wir den Vorgang darstellen? Gegen den Wissenschaftsrat wird eine Untersuchung eingeleitet. Ein Mann, der dem Rat nahesteht, ja, fast zu seinen Mitgliedern gehört, zettelt einen Boxkampf an und tötet dabei den Agenten, der die Untersuchung durchführt. Das sieht nicht gut aus.«

»Es war ein Unglücksfall. Das Pseudo-Grav-Feld ...«

»Das wird uns kaum helfen. Ich muß mit Peverale sprechen und ...«

Bigman errötete. »Ach, dieser alter Kerl«, sagte er hastig, »der kümmert sich nicht um die Angelegenheit.«

Lucky richtete sich halb auf. »Was meinst du damit: er kümmert sich nicht um die Angelegenheit?«

»Tut er wirklich nicht«, bekräftigte Bigman mit Nachdruck. »Er kam rein, sah Urtel tot am Boden liegen, und es berührte ihn überhaupt nicht. Er fragte nur kurz: ›Ist er tot?‹ – und damit hatte es sich.«

»Das war alles?«

»Das war alles. Dann fragte er noch, wo du wärst, und berichtete, Mindes habe sich gemeldet und mitgeteilt, daß ein Roboter dich getötet habe.«

Lucky sah Bigman scharf an. »Das war alles?«

»Das war alles«, wiederholte Bigman unbehaglich.

»Und was geschah danach? Komm, komm, Bigman! Du willst nicht, daß ich mit Peverale spreche. Warum nicht?«

Bigman wich Luckys Blick aus.

»Raus mit der Sprache, Bigman!«

»Ich muß mich vor Gericht verantworten oder sowas.«

»Eine Gerichtsverhandlung!«

»Peverale sagt, es sei Mord, und das werde auf der Erde böses Blut machen. Er meint, es müsse festgestellt werden, wen die Verantwortung trifft.«

»Na schön. Wann ist die Verhandlung?«

»Ach, Lucky, ich wollte es dir gar nicht sagen. Dr. Gardoma sagt, man müsse jede Aufregung von dir fernhalten.«

»Führ dich nicht wie eine Glucke auf Bigman! Wann ist die Verhandlung?«

»Morgen um zwei Uhr nachmittags, System-Standardzeit. Aber du brauchst dir keine Sorgen zu machen, Lucky!«

»Ruf Gardoma rein!« verlangte Lucky.

»Warum?«

»Tu, was ich dir sage!«

Bigman ging hinaus, und als er zurückkam, war Dr. Gardoma mit ihm.

»Es bestehen doch keine Bedenken«, sagte Lucky,

»daß ich morgen nachmittag um zwei Uhr aufstehe, oder?«

Dr. Gardoma zögerte. »Es wäre mir lieber, wenn Sie noch einige Zeit länger im Bett blieben.«

»Was Ihnen lieber wäre, ist mir gleich. Umbringen wird es mich doch wohl nicht, wie?«

»Es würde Sie auch nicht umbringen, wenn Sie gleich jetzt aufständen, Mr. Starr«, sagte Dr. Gardoma gekränkt. »Aber ich halte es nicht für ratsam.«

»Also gut, das ist geklärt. Jetzt benachrichtigen Sie Dr. Peverale, daß ich der Verhandlung gegen Bigman beiwohnen werde. Sie wissen darüber Bescheid, nicht wahr?«

»Ja.«

»Jeder außer mir weiß es, stimmt's?«

»Sie waren nicht in der Verfassung ...«

»Sie sagen Dr. Peverale, daß ich an der Verhandlung teilnehme und daß er nicht anfangen soll, bevor ich da bin!«

»Ich sage es ihm«, versprach Gardoma, »und Sie legen sich jetzt besser schlafen. Kommen Sie, Bigman!«

»Einen Moment!« rief Bigman. Er eilte an Luckys Bett und sagte beschwörend: »Reg dich bitte nicht auf, Lucky! Ich habe die ganze Situation im Griff.«

Lucky hob die Augenbrauen.

Bigman platzte beinahe vor Selbstbewußtsein. »Ich werde dich überraschen, verdammt noch mal«, sagte er wichtig. »Ich kann beweisen, daß ich an Urtels Tod unschuldig bin. Ich habe den Fall gelöst.« Er klopfte sich stolz an die Brust. »Ja, *ich* habe ihn gelöst. *Ich! Bigman!* Ich weiß, wer dafür verantwortlich ist, daß sich Urtel das Genick brach.«

»Wer denn?« fragte Lucky.

Aber Bigman rief sofort: »Nein, ich sage noch nichts! Ich will dir zeigen, daß ich mehr im Kopf habe als Schlägereien. Diesmal läuft es so, wie ich es will. Ich werde es dir und allen zeigen. Wir sehen uns bei der Verhandlung.«

Der kleine Mann vom Mars grinste vor lauter Vorfreude, wobei viele Lachfalten auf seinem Gnomengesicht auftauchten. Dann machte er einen angedeuteten Tanzschritt und folgte Dr. Gardoma mit stolzgeschwellter Brust triumphierend durch die Tür.

XV

DIE VERHANDLUNG

Am nächsten Tag erschien Lucky kurz vor zwei Uhr nachmittags in Dr. Peverales Büro.

Alle anderen hatten sich bereits eingefunden. Dr. Peverale saß hinter einem alten, mit Akten bedeckten Schreibtisch. Er nickte Lucky freundlich zu. Der grüßte in ernstem Tonfall: »Guten Tag, Sir.«

Es war fast wie am Abend des Banketts. Cook machte wie üblich einen gehetzten, hohläugigen Eindruck. Er saß in einem großen Lehnstuhl zur Rechten von Dr. Peverale, während Bigman auf der anderen Seite in einem ebenso großen Sitzmöbel fast versank.

Auch Mindes war da. Sein schmales, düsteres Gesicht zuckte nervös. Er hatte die Hände gefaltet. Aber von Zeit zu Zeit hob er eine Hand und trommelte mit den Fingern unruhig auf seinem Oberschenkel. Neben ihm saß Dr. Gardoma und schoß unter den schweren Augenlidern einen mißbilligenden Blick auf Lucky ab. Ebenfalls anwesend waren sämtliche Abteilungsleiter der Astronomen.

Der einzige Unterschied zu der Bankettgesellschaft war das Fehlen des toten Urtel.

Dr. Peverale eröffnete sofort in seiner milden Art die Versammlung: »Lassen Sie mich zu Anfang ein paar Worte zu Mr. Starr sprechen. Ich erfuhr, daß Bigman unsere heutige Konferenz als Gerichtsverhandlung bezeichnete. Ich darf Ihnen versichern, daß dies nicht zutrifft. Sollte es je zu einer Geichtsverhandlung kommen, was ich nicht hoffe, so wird sie unter Leitung erfahrener Richter und mit dem gesetzlich vorgeschriebenen Rechtsbeistand auf der Erde stattfinden. Unsere heutige Aufgabe besteht lediglich darin, einen Bericht für den Wissenschaftsrat zu erstellen.«

Dr. Peverale ordnete einige der Papiere, die in wildem Durcheinander auf dem Schreibtisch lagen, und fuhr fort: »Lassen Sie mich erklären, warum ein umfassender Bericht nötig ist. Als Ergebnis von Mr. Starrs tollkühner Expedition zur Sonnenseite wurde der Saboteur, der Dr. Mindes' Projekte bisher lahmzulegen verstand, ein für allemal ausgeschaltet. Er entpuppte sich als ein Roboter sirianischer Bauart. Mr. Starr ...«

»Ja?« sagte Lucky.

»Wegen der außerordentlichen Bedeutung dieser Angelegenheit nahm ich mir die Freiheit, Sie sofort nach Ihrer Ankunft zu befragen, obwohl Sie nicht voll bei Bewußtsein waren.«

»Ich erinnere mich sehr gut«, sagte Lucky.

»Wären Sie jetzt bereit, einige Ihrer damaligen Antworten für das Protokoll zu bestätigen?«

»Ja.«

»Erste Frage: Sind noch weitere Roboter beteiligt?«

»Der Roboter hat nichts darüber verraten. Aber ich glaube nicht, daß es andere gibt.«

»Jedenfalls hat er nicht ausdrücklich erklärt, der einzige Roboter auf dem Merkur zu sein?«

»So ist es.«

»Dann kann es doch noch andere geben.«

»Ich glaube es nicht.«

»Das ist Ihre Meinung. Jedenfalls hat der Roboter die Anwesenheit weiterer Roboter nicht bestritten.«

»Nein, das hat er nicht.«

»Hat er den Stützpunkt der sirianischen Eindringlinge verraten?«

»Er sagte kein Wort zu diesem Thema. Sirianer wurden von ihm nicht mal erwähnt.«

»Aber der Roboter war ein sirianisches Fabrikat, nicht wahr?«

»Das gab er selber zu.«

»Aha.« Dr. Peverale lächelte freudlos. »Das ist für mich der klare Beweis, daß Sirianer auf dem Merkur gelandet sind und hier gegen uns arbeiten. Wir müssen den Wissenschaftsrat davon in Kenntnis setzen. Ferner müssen wir den Merkur planmäßig absuchen, und falls es den Sirianern gelingt, uns zu entkommen und den Planeten unbehelligt zu verlassen, wird man sich in Zukunft wenigstens der Gefahr, die uns vom Sirius droht, deutlicher bewußt sein.«

Mit unsicherer Stimme wagte Cook einen Einwurf. »Wir dürfen bei alldem aber die eingeborenen Lebensformen des Merkur nicht übersehen, Dr. Peverale. Auch über sie muß der Rat informiert werden.« Er wandte sich an die Versammlung. »Eins dieser Wesen wurde gestern gefangen und ...«

Der alte Astronom unterbrach ihn ungeduldig. »Ja, Dr. Cook, auch darüber wird dem Rat Bericht erstattet werden. Nichtsdestotrotz steht das Problem der Sirianer weiterhin an oberster Stelle. Sie bilden eine unmittelbare Gefahr, hinter der alle anderen Probleme zurücktreten müssen. Zum Beispiel schlage ich vor, daß Dr. Mindes sein Projekt solange stillegt, bis die Sicherheit der Erdmenschen auf dem Merkur völlig gewährleistet ist.«

»Moment mal!« rief Mindes dazwischen. »Wir haben eine Menge Geld, Zeit und Arbeit investiert ...«

»Ich sagte schon, nur solange, bis der Merkur sicher ist. Ich habe keineswegs die endgültige Aufgabe des Projekts Licht angeregt. Und wegen der Gefahren, die uns auf dem Merkur am meisten bedrohen, muß Urtels Beschützer, Senator Swenson, daran gehindert werden, durch Aufbauschen nebensächlicher Ereignisse Obstruktion zu treiben.«

»Sie wollen also«, nahm Lucky das Wort, »dem Senator Bigman als Schlachtopfer liefern, festverschnürt und gebunden. Und während er über Bigman herfällt, kann auf dem Merkur die Jagd auf Sirianer ungehindert weitergehen.«

Der Astronom hob die schneeweißen Augenbrauen. »Als Schlachtopfer, Mr. Starr? Wir wollen nur die Tatsachen aufhellen.«

»Na, dann machen Sie schon weiter!« rief Bigman, der unruhig auf seinem Sessel hin und her rutschte. »Ich liefere Ihnen die Tatsachen!«

»Gut«, sagte Dr. Peverale. »Gut, dann fangen Sie an! Sie spielten ja die Hauptrolle bei den Ereignissen. Erzählen Sie mit Ihren eigenen Worten, was sich zwischen Ihnen und Urtel abgespielt hat! Lassen Sie nichts aus, aber fassen Sie sich bitte kurz! Und vergessen Sie nicht, daß alles auf Mikrotonfilm festgehalten wird.«

»Wollen Sie mich vereidigen?« fragte Bigman.

Peverale schüttelte den Kopf. »Nein, dies ist keine offizielle Gerichtsverhandlung.«

»Wie Sie wünschen.« Und mit überraschender Gelassenheit erzählte nun Bigman seine Geschichte. Er begann mit Urtels höhnischen Bemerkungen über seine geringe Größe, schilderte dann den Vorfall im Bergwerksstollen und schloß mit dem Duell. Er verschwieg nur Urtels Drohungen gegen Lucky Starr und den Wissenschaftsrat.

Es folgte Dr. Gardoma. Er bestätigte den Wortwechsel bei Urtels erster Begegnung mit Bigman und schilderte für das Protokoll nochmals den Zwischenfall beim Bankett. Dann beschrieb er, wie er Urtel nach der Rettung aus dem Bergwerk ärztlich behandelt hatte.

»Urtel erholte sich rasch von den Folgen der Unterkühlung«, erzählte er. »Ich fragte ihn nicht nach Einzelheiten seines Abenteuers, und er kam von sich aus auch nicht mit der Sprache heraus. Er erkundigte sich allerdings nach Bigman. Und als ich ihm sagte, daß Bigman es heil überstanden hatte, war aus seiner Reaktion sein unverändert großer Haß auf Bigman deutlich abzulesen. Er dachte gar nicht daran, Bigman dankbar zu sein, der ihm ja das Leben gerettet hatte. Allerdings war Urtel wohl ein Mann, dem solche Gefühle wie Dankbarkeit ohnehin fremd waren.«

»Das ist nur Ihre persönliche Meinung«, warf Dr. Peverale hastig ein. »Ich empfehle, das nicht ins Protokoll aufzunehmen. Es würde die Tatsachen nur verwirren.«

Als nächster Zeuge kam Dr. Cook dran. Er konzentrierte sich auf die Geschichte des Zweikampfs. »Bigman bestand auf dem Kampf. Mehr ist zur Vorgeschichte nicht zu sagen. Ich dachte mir nichts Böses dabei, weil die Auseinandersetzung ja unter niedrigen Schwerkraftbedingungen und vor Zeugen stattfinden würde. Wir konnten jederzeit eingreifen, wenn es gefährlich werden sollte. Hätte ich das Duell verboten, so bestand die viel größere Gefahr, daß sie sich ohne Zeugen geschlagen hätten. Natürlich hat der Kampf, dessen Austragung mir harmlos erschien, das denkbar schlimmste Ende genommen, aber damit war beim besten Willen vorher nicht zu rechnen. Allerdings, Dr. Peverale, hätte ich Ihren Rat einholen müssen – das gebe ich zu.«

Dr. Peverale nickte. »Das hätten Sie allerdings tun müssen. Tatsache ist also, daß das Duell auf Bigmans Wunsch stattfand und daß er eine Austragung unter niedriger Schwerkraft forderte, nicht wahr?«

»Ja, das ist richtig.«

»Und er kündigte Ihnen an, daß er unter diesen Umständen Urtel töten werde.«

»Wörtlich sagte er: ›Ich werde den Dreckskerl umbringen.‹ Aber das war nur so eine Redensart. Ich glaube nicht, daß er Urtel wirklich töten wollte.«

Dr. Peverale wandte sich an Bigman. »Haben Sie dazu noch eine Erklärung abzugeben?«

»Ja. Und da Dr. Cook gerade im Zeugenstand ist, möchte ich ihn ins Kreuzverhör nehmen.«

Dr. Peverale zeigte sich überrascht. »Ich wiederhole –

dies ist keine Gerichtsverhandlung!«

»Hören Sie«, sagte Bigman hitzig. »Urtels Tod war kein Unfall. Es war ein Mord. Lassen Sie mich meine Beweise vortragen!«

Für einen Augenblick herrschte tiefes Schweigen. Dann sprachen alle durcheinander.

Bigmans Stimme war schrill und durchdringend. »Ich will Dr. Hanley Cook ins Kreuzverhör nehmen.«

»Ich schlage vor, Dr. Peverale, Sie geben Bigman grünes Licht«, bemerkte Lucky Starr kalt.

Der alte Astronom bot ein Bild völliger Verwirrung. »Aber wirklich, nein ... das geht doch nicht ... Bigman kann nicht ...« Er kam ins Stottern und schwieg dann abrupt.

»Erstens, Dr. Cook«, begann Bigman das Kreuzverhör, »woher wußte Urtel, welchen Weg Lucky und ich im Bergwerk einschlagen würden?«

Cook wurde rot. »Es ist mir nicht bekannt, daß er das wußte.«

»Er verfolgte uns nicht auf direktem Wege. Er benutzte einen parallel verlaufenden Stollen. Daher merkten wir nichts von unserem heimlichen Schatten. Das Kunststück konnte ihm nur gelingen, weil er genau wußte, welchen Weg wir einschlagen würden. Lucky und ich haben den Weg zusammen mit Ihnen festgelegt. Lucky hat Urtel nichts davon verraten, ebenso wenig wie ich. Wer war der Verräter?«

Cook warf wilde Blicke um sich, als suche er einen Fluchtweg. »Ich weiß es nicht.«

»Ist das nicht ganz klar?«

»Nein. Vielleicht hat er uns belauscht.«

»Er kann nicht die Zeichen auf einer Karte belauschen, Dr. Cook ... Doch gehen wir weiter. Ich kämpfte mit Urtel. Wäre es bei der niedrigen Merkur-Schwerkraft geblieben, würde er heute noch leben. Aber es blieb nicht dabei. Plötzlich gab es einen Gravitationswechsel zu Erdbedingungen. Ausgerechnet in einem Augenblick, wo dieser Wechsel für ihn tödlich werden mußte. Wer hat den Wechsel herbeigeführt?«

»Ich weiß es nicht.«

»Sie waren als erster bei Urtel. Was wollten Sie? Sich vergewissern, daß er tot war?«

»Ich protestiere gegen diese Unterstellung! Dr. Peverale ...« Cooks Gesicht war flammend rot, als er sich hilfesuchend zu seinem Chef umwandte.

»Wollen Sie behaupten, daß Dr. Cook Urtel ermordet hat?« fragte Dr. Peverale erschüttert.

»Sehen Sie, der plötzliche Gravitationswechsel warf mich glatt zu Boden«, sagte Bigman. »Als ich mich wieder aufraffte, waren die meisten ebenfalls dabei aufzustehen. Einige lagen sogar noch. Ganz klar, wenn Ihnen plötzlich 75 bis 100 Pfund auf die Schultern plumpsen, können Sie nicht gleich leichtfüßig aufspringen. Nur Dr. Cook konnte es. Er war als einziger sofort auf den Beinen. Mehr noch: er war bereits zu Urtel geeilt und beugte sich über ihn.«

»Und was wollen Sie damit beweisen?« fauchte Cook.

»Daß Sie der Schwerkraftwechsel nicht zu Boden warf. Und warum nicht? Weil Sie auf diesen Augenblick gefaßt waren. Sie wußten, wann er eintreten würde, und stellten sich darauf ein. Und woher wußten Sie Bescheid? Weil Sie selber den Hebel umlegten!«

Cook wandte sich Dr. Peverale. »Das ist Verleumdung! Das ist Wahnsinn!«

Aber Dr. Peverale sah seinen Stellvertreter voller Entsetzen an.

»Lassen Sie mich den ganzen Ablauf rekonstruieren«, fuhr Bigman fort. »Cook steckte mit Urtel unter einer Decke. Nur durch ihn kann Urtel unseren geplanten Weg durch die Stollen erfahren haben. Sicherlich tat ihm Cook nicht ganz freiwillig diesen Gefallen. Ich denke, daß Urtel ihn erpreßte. Jedenfalls konnte Cook seinen Peiniger nur loswerden, indem er ihn ermordete. Als ich sagte, daß ich den Dreckskerl bei niedriger Schwerkraft umbringen könne, da muß ihm die Idee gekommen sein. Während des Kampfes stand er dann wartend am Hebel. Das ist alles.«

»Hören Sie auf!« schrie Cook mit ersticktерStimme. »Das ist ... das ist doch ...«

»Sie brauchen sich nicht auf meine Angaben allein zu verlassen«, fuhr Bigman ungerührt fort. »Sie werden unter Urtels Sachen irgendwelche Dokumente finden – Schriftstücke, Tonbänder oder Filme –, die ihm Macht über Cook verliehen. Sonst wäre Cook nicht zum Mörder geworden. Suchen Sie unter Urtels Habseligkeiten! Sie werden bestimmt etwas finden, das meine Theorie bestätigt.«

»Bigman hat recht«, sagte Lucky.

Dr. Peverale war noch unschlüssig. »Das ist wahrscheinlich die einzige Möglichkeit, jedoch ... wenn man bedenkt ...«

Dr. Hanley Cook wurde immer kleiner. Er erinnerte Lucky an einen Ballon, dem man die Luft abläßt. Bleich, zitternd und zusammengesunken sagte er mit schwacher Stimme: »Warten Sie! Ich gestehe alles!«

Jedes Augenpaar im Raum war nun auf Cook gerichtet.

Hanley Cooks eingefallene Wangen glänzten vor Schweiß. Wie ein reuiger Sünder hob er die zitternden Hände, als wolle er um Vergebung betteln. Mit leiser Stimme erzählte er stockend: »Kurz nach seiner Ankunft auf dem Merkur suchte Urtel mich auf. Er sagte, er führe im Auftrag von Senator Swenson eine Untersuchung im Observatorium durch. Es gebe Beweise für Unfähigkeit und Geldverschwendung. Es sei klar, daß Dr. Peverale pensioniert werden müsse. Er sei ein alter Mann und der Verantwortung nicht mehr gewachsen. Und er meinte, ich sei der logische Nachfolger.«

Dr. Peverale hatte wie versteinert gelauscht. Jetzt schrie er empört: »Cook!«

»Ich gab Urtel recht«, sagte Cook düster. »Denn Sie *sind* zu alt. In Wirklichkeit leite ich ja bereits das Observatorium, damit Sie Zeit haben, Ihrem Sirius-Verfolgungswahn zu fröhnen.« Er wandte sich direkt an Lucky. »Urtel machte mir einen Vorschlag. Ich solle ihm bei seinen Nachforschungen helfen. Als Gegenleistung werde er dafür sorgen, daß ich der nächste Direktor würde. Ich glaubte ihm. Wir alle wissen ja, über welche Macht Senator Swenson verfügt.«

Cook schluckte krampfhaft, ehe er weitersprach. »Ich versorgte Urtel mit allen möglichen Informationen. Oft schwarz auf weiß und unterschrieben. Er sagte, er brauche das alles für die zu erwartenden gerichtlichen Untersuchungen. Und dann ... und dann zeigte er sein wahres Gesicht. Er begann mich zu erpressen. Es stellte sich heraus, daß er in Wirklichkeit gegen das Projekt Licht und den Wissenschaftsrat Material sammelte. Ich sollte meine Stellung dazu mißbrauchen, um für ihn zu spionieren. Er drohte, mit den Dokumenten, die ich ihm bereits übergeben hatte, zu Dr. Peverale zu gehen, falls ich mich weigerte. Das hätte das Ende meiner Laufbahn bedeutet.«

Wieder mußte Cook eine Pause einlegen. »Ich mußte also für ihn spionieren. Gezwungenermaßen beschrieb ich ihm den Weg, den Starr und Bigman im Bergwerk einschlagen wollten. Ich hielt ihn über Mindes' Tätigkeit ständig auf dem laufenden. Je mehr ich seinem Drängen nachgab, um so mehr lieferte ich mich ihm aus. Nach einer Weile wurde mir klar, daß er mich am Ende fallenlassen würde, trotz allem, was ich für ihn getan hatte. Das entsprach seinem Charakter. Ich konnte seine Pläne nur vereiteln, indem ich ihn tötete. Ich wußte nur nicht, wie ich das bewerkstelligen sollte ...«

Seine Stimme überschlug sich. »Da kam mir Bigman mit seinem Plan, bei niedriger Schwerkraft gegen Urtel zu kämpfen, gerade zupaß. Er war so felsenfest davon überzeugt, daß er Urtel durch die Luft wirbeln würde! Ich dachte, dann könnte ich ... Die Chancen standen zwar nur 1:100, vielleicht 1:1000, aber ich hatte ja nichts zu verlieren. Also stellte ich mich an den Schalthebeln auf und wartete auf eine günstige Gelegenheit. Sie kam, und Urtel stürzte sich zu Tode. Der perfekte Mord! Jeder würde an einen Unfall glauben. Selbst wenn es für Bigman brenzlig wurde, dachte ich, würde ihn der Wissenschaftsrat schon nicht im Stich lassen. Niemand käme zu Schaden außer Urtel, und der hatte sein Schicksal hundertfach verdient. Ja, so war es.«

In das betretene Schweigen, das seinen Worten folgte, sprach Dr. Peverale heiser: »Unter diesen Umständen, Cook, betrachten Sie sich als vom Dienst suspendiert und unter Ar ...«

»He, langsam, langsam!« rief Bigman dazwischen. »Das ist ja erst das halbe Geständnis. Nun mal ehrlich, Cook, Sie hatten doch schon vorher einmal einen Mordversuch an Urtel verübt, oder?«

»Einen Mordversuch ... vorher?« Cook sah aus trüben Augen verständnislos zu ihm auf.

»Ja, was war denn mit dem aufgeschlitzten Isolieranzug? Urtel hatte uns davor gewarnt. Also mußte man ihm auch schon einen untergeschoben haben. Er stellte es so dar, als sei Mindes der Übeltäter. Aber Urtel war ja ein verlogener Drecksack, und man durfte ihm buchstäblich kein Wort glauben. Der langen Rede kurzer Sinn: Sie versuchten, Urtel durch diese Manipulation zu ermorden. Aber er entdeckte die Schlitze im Ärmel und zwang Sie, den Anzug in unserem Zimmer aufzuhängen. Und dann warnte er uns. Wir sollten annehmen, er stehe auf unserer Seite, und Mindes sei ein Schurke. War es nicht so?«

»Nein!« schrie Cook. »Nein! Mit dem Isolieranzug hatte ich nichts zu tun, gar nichts!«

»Na, hören Sie, Sie wollen uns doch nicht glauben machen ...«

Lucky Starr war aufgesprungen und griff ein. »Schon gut, Bigman. Cook hatte wirklich nichts mit dem beschädigten Isolieranzug zu tun. Du kannst es ihm glauben. Der Mann, der die Ärmel aufschlitzte, ist derselbe, der den Roboter mit einem Zerstörungsauftrag in Marsch setzte.«

Ungläubig starrte Bigman seinen hochgewachsenen Freund an. »Du meinst die Sirianer, Lucky?«

»Keine Sirianer«, sagte Lucky. »Es gibt keine Sirianer auf dem Merkur. Es sind nie welche hiergewesen.«

XVI

DIE ENTLARVUNG

Dr. Peverales tiefe Stimme war voller Mißbilligung. »Keine Sirianer? Sind Sie sich dessen bewußt, was Sie da behaupten?«

»Vollkommen.« Lucky Starr trat an Dr. Peverales Schreibtisch und setzte sich so auf eine Kante, daß er der Versammlung das Gesicht zuwandte. »Dr. Peverale wird mir zustimmen, wenn ich die Gründe für meine Behauptung dargelegt habe.«

»Ich Ihnen zustimmen? Glauben Sie nur das nicht!« entgegnete der alte Astronom scharf und verzog wütend sein Gesicht. »Es lohnt sich kaum, darüber zu diskutieren ... Außerdem müssen wir Cook in Arrest nehmen.« Er machte Miene aufzustehen.

Lucky drückte ihn sanft in seinen Sessel. »Schon gut, Sir. Bigman wird dafür sorgen, daß Cook keine Dummheiten macht.«

»Ich werde mich ganz ruhig verhalten«, versprach der verzweifelte Cook kaum hörbar. Für alle Fälle zog Bigman seinen Sessel dicht neben Cooks Sitz.

»Dr. Peverale«, sagte Lucky, »denken Sie mal an den Abend des Banketts und an Ihre eigenen Worte, als Sie über sirianische Roboter sprachen ... Übrigens, Dr. Peverale, Sie wußten doch schon seit langer Zeit, daß sich ein Roboter auf dem Planeten aufhielt, nicht wahr?«

»Wie meinen Sie das?« fragte der Astronom unsicher.

»Dr. Mindes kam zu Ihnen und erzählte von menschenähnlichen, sich bewegenden Gestalten, die er gesehen hatte. Sie trügen so etwas wie Raumanzüge aus Metall und könnten die Sonnenstrahlung besser vertragen als richtige Menschen.«

»Ja, aber wenn es Roboter gewesen wären, hätte ich das erkannt«, warf Mindes ein.

»Sie sind mit Robotern nicht so vertraut wie Dr. Peverale«, sagte Lucky und wandte sich wieder dem alten Astronomen zu. »Ich bin sicher, daß Sie aus Mindes' Erzählungen sofort auf die Existenz von Robotern sirianischen Fabrikats auf diesem Planeten schlossen.«

Der Astronom nickte bedächtig.

»Ich dagegen«, fuhr Lucky fort, »dachte bei Mindes' Geschichte ebenso wenig an Roboter wie er selbst. Nach dem Bankett jedoch, wo Sie, Dr. Peverale sich ausführlich über Sirius und seine Roboter ausgelassen hatten, kam mir der Gedanke, daß hier die Lösung des Problem liegt. Sie müssen das gleiche angenommen haben.«

Wieder nickte Dr. Peverale langsam. »Mir war klar«, sagte er, »daß wir gegen einen Übergriff der Sirianer machtlos wären. Deshalb wollte ich Mindes dazu bringen, daß er seine Ein-Mann-Expeditionen einstellte.«

Mindes erblaßte und murmelte zornig etwas vor sich hin.

»Sie haben den Wissenschaftsrat nicht davon informiert?« fragte Lucky.

Dr. Peverale zögerte. »Ich hatte Angst, man würde mir nicht glauben und mich vielleicht sogar von meinem Posten entfernen. Offen gestanden, ich wußte mir keinen Rat. Mit Urtel konnte ich mich nicht zusammentun. Er hatte für nichts Interesse als für seine eigenen Pläne. Dann kamen Sie, Starr.« Seine Stimme wurde sicherer, seine Rede fließender. »In Ihnen sah ich endlich den ersehnten Verbündeten. Zum erstenmal wagte ich es, offen über Sirius, seine Gefährlichkeit und seine Roboter zu sprechen.«

»Ja«, sagte Lucky, »und erinnern Sie sich noch, wie Sie das Verhältnis der Sirianer zu ihren Robotern beschrieben? Sie gebrauchten das Wort ›Liebe‹. Sie erzählten, daß die Sirianer ihre Roboter verwöhnten, daß sie sie liebten, daß ihnen nichts zu gut sei für ihre Lieblinge. Sie sagten, in den Augen der Sirianer sei ein Roboter soviel wert wie hundert Erdmenschen.«

»Natürlich«, sagte Dr. Peverale. »Das ist wahr.«

»Nun, wenn die Sirianer ihre Roboter so in ihr Herz geschlossen haben, würden sie dann einen ohne Isolieranzug und ohne Schutz gegen kosmische Strahlung allein auf den Merkur schicken? Würden sie einen ihrer geliebten Roboter dem unausweichlichen, quälend langsamen Hitzetod aussetzen?«

Dr. Peverales Lippen bebten, aber er schwieg.

»Ich bin kein Sirianer«, sagte Lucky, »und der Roboter bedrohte mein Leben. Dennoch brachte ich es nicht übers Herz, ihn mit dem Blaster zu erledigen. Wie ist es dann möglich, daß ein Sirianer einen Roboter so grausam opfert?«

Dr. Peverale suchte nach Worten: »Die ungeheure Bedeutung der Mission ...«

»Geschenkt! Ich bestreite ja nicht die Möglichkeit, daß die Sirianer einen Roboter auf dem Merkur absetzen, damit er hier Sabotageakte verübt. Aber, große Galaxis, dann hätten sie als erstes sein Positronengehirn gegen kosmische Strahlung isoliert! Dazu braucht man einen Roboter gar nicht zu lieben. Man würde es schon aus praktischen Gründen tun. Er wäre doch länger einsatzbereit.«

Die Versammlung gab ihre Zustimmung zu Luckys Beweisführung zu erkennen.

»Aber«, stotterte Dr. Peverale, »wenn es nicht die Sirianer waren, wer denn sonst ...?«

»Nun«, sagte Lucky ruhig. »Prüfen wir doch mal die Indizien! Nummer eins: Mindes begegnet dem Roboter zweimal. Beidemal verschwindet der Roboter, als Mindes ihm nahezukommen versucht. Später erklärte mir der Roboter, ihm sei jeweils befohlen worden, den auftauchenden Menschen aus dem Wege zu gehen. Offenbar war er auch vor Mindes gewarnt worden, der ja den Saboteur zu finden hoffte. Nun leuchtet es ein, daß die Warnung von einer Person in der Kuppel übermittelt worden sein muß. Meinetwegen erging an den Roboter keine Warnung. Ich hatte ja auch laut angekündigt, daß ich nur das Bergwerk erforschen wollte.«

Die Zuhörer hielten den Atem an. Lucky fuhr fort: »Indiz Nummer zwei. Als der Roboter im Sterben lag, fragte ich ihn noch einmal nach dem Mann, der ihm die Befehle erteilte. Er konnte nur antworten: ›Rrk … Rrkh …‹ Dann funktionierte sein Sprechfunk nicht mehr. Aber er bewegte noch den Mund. Und es sah aus, als wolle er einen Namen sprechen, der aus zwei Silben bestand.«

»Urtel!« rief Bigman dazwischen. Vor Aufregung standen ihm die blaßroten Haare zu Berge. »Der Roboter versuchte, den Namen Urtel auszusprechen! Dieser Dreckskerl war also der Saboteur! Das paßt alles zusammen! Das paßt wie die Faust aufs Auge …«

»Kann sein«, sagte Lucky, »kann sein. Wir werden schon sehen. Ich dachte an etwas anderes. Ich glaubte, der Roboter wollte ›Erdmensch‹ sagen.«

»Kann aber auch sein«, sagte Dr. Peverale trocken, »daß es gar nichts bedeutete. Sie sagten ja, der Roboter war schon halbtot.«

»Vielleicht. Aber nun kommen wir zu Indiz Nummer drei, und sofort sehen wir klar. Nämlich: der Roboter war ein sirianisches Fabrikat. Und wer von den Bewohnern des Doms hatte die Möglichkeit, in den Besitz eines sirianischen Roboters zu kommen? Ist irgendeiner von uns jemals auf einem Planeten des Sirius gewesen?«

Dr. Peverales Augen wurden schmal. »Ja, ich.«

»Genau«, sagte Lucky Starr, »und niemand sonst. Da haben Sie die Antwort!«

Ein Tumult brach aus. Aber Lucky sorgte bald für Ruhe. Seine Stimme klang befehlsgewohnt, und sein Gesichtsausdruck war von entschlossenem Ernst. »Als Mitglied des Wissenschaftsrates übernehme ich mit sofortiger Wirkung die Befehlsgewalt auf dem Merkur. Dr. Peverale ist seines Postens als Direktor enthoben. Ich habe Verbindung mit dem Hauptquartier des Rates auf der Erde aufgenommen, und zur Stunde ist ein Raumschiff nach hier unterwegs. Alle notwendigen Maßnahmen werden durchgeführt werden.«

»Ich bitte um Gehör!« rief Dr. Peverale.

»Sie werden ausreichend Gelegenheit erhalten, sich zu verteidigen«, sagte Lucky. »Aber erst will ich Ihnen sagen, was gegen Sie vorliegt. Sie sind hier der einzige, der je Gelegenheit hatte, einen sirianischen Roboter zu stehlen. Dr. Cook erwähnte neulich, daß man Ihnen während Ihres Aufenthalts im Siriussystem einen Roboter für persönliche Dienstleistungen zur Verfügung stellte. Stimmt das?«

»Ja, aber ...«

»Wahrscheinlich lotsten Sie ihn damals bei einer günstigen Gelegenheit in Ihr Raumschiff, ohne daß die Sirianer etwas merkten. Vermutlich dachte man dort nicht im Traum daran, daß jemand ein so grauenhaftes Verbrechen wie den Diebstahl eines Roboters begehen würde. Deshalb war man in dieser Hinsicht nicht sehr wachsam.«

Mehrere Mitglieder der Versammlung nickten. Was Lucky ausführte, leuchtete allen ein.

»So gesehen, ergibt es einen Sinn, wenn der Roboter ›Erdmensch‹ zu antworten versuchte, als ich ihn zuletzt nach seinem Herrn und Meister fragte. Sie, Dr. Peverale, waren der einzige Erdmensch im Sirius-System. Vermutlich kannte Sie der Roboter unter dieser Bezeichnung von dem Augenblick an, als er in Ihre Dienste trat. Und für ihn blieben Sie immer der ›Erdmensch‹.«

Bigman lauschte Lucky mit offenem Munde. Er war hingerissen.

»Und schließlich, wer wußte besser als Sie, wann jemand einen Forschungstrip zur Sonnenseite unternahm? Wer konnte leichter den Roboter durch Radiosignale benachrichten, wann er sicher war und wann er sich in Deckung halten sollte?«

»Ich bestreite das alles«, sagte Dr. Peverale mit schmalen Lippen.

»Das hat keinen Sinn«, erwiderte Lucky. »Wenn Sie weiterhin behaupten, unschuldig zu sein, wird der Wissenschaftsrat die Behörden des Sirius um Auskünfte bitten. Der Roboter nannte mir seine Seriennummer. Sie lautete RL – 726. Wenn die sirianischen Behörden anworten, der Ihnen zur Verfügung gestellte Roboter, der bei Ihrer Abreise auf Nimmerwiedersehen verschwand, habe die Nummer RL – 726 gehabt, sind Sie überführt.

Dr. Peverales Augenlider flatterten, als Lucky mit erhobener Stimme schloß: »Aber dann sieht es ganz schlimm für Sie aus. Ihr Verbrechen – Diebstahl eines Roboters – wurde im Sirius-System begangen. Wir haben einen Auslieferungsvertrag mit den Planeten des Sirius. Wir wären also gezwungen, Sie den dortigen Behörden zur Aburteilung zu überstellen. Deshalb, Dr. Peverale, würde ich Ihnen zu einem offenen Geständnis raten. Stellen Sie sich reumütig den Gerichten der Erde! Beharren Sie aber darauf, unschuldig zu sein, riskieren Sie ein Verfahren auf dem Sirius. Die Anklage wird lauten, daß Sie einen der heißgeliebten Roboter gestohlen und grausam zu Tode gefoltert haben!«

Der würdige Dr. Peverale bot einen kläglichen Anblick. Mit leerem Blick starrte er auf die Versammlung. Dann sackte er zusammen und fiel langsam zu Boden.

Dr. Gardoma eilte zu ihm und fühlte ihm den Puls. »Er lebt«, verkündete er. »Aber er muß schleunigst ins Bett geschafft werden.«

Zwei Stunden später war Dr. Lance Peverale wieder

bei vollem Bewußtsein. Vom Bett aus gab er ein volles Geständnis zu Protokoll. Zeugen waren Dr. Gardoma und Lucky Starr. Das Hauptquartier des Wissenschaftsrats hörte über Funk mit.

*

Rasch blieb der Planet Merkur unter ihnen zurück. Längst hatten die Sonderagenten des Wissenschaftsrates die Zügel in die Hand genommen. Lucky war nun frei von jeder Verantwortung, aber er fühlte sich noch immer im Bann der Ereignisse. Düster brütend saß er im Raumschiff.

»Was ist los, Lucky?« erkundigte sich Bigman, dem die bedrückte Stimmung seines Freundes nicht entgangen war.

»Mir tut der alte Peverale leid«, antwortete Lucky. »Auf seine Art meinte er es gut. Die Sirianer sind eine Gefahr, wenn auch nicht so akut wie er glaubte.«

»Der Rat hätte ihn doch wohl nicht an die Sirianer ausgeliefert, oder?«

»Wahrscheinlich nicht. Aber nur die Angst vor einer Auslieferung brachte ihn dazu, ein Geständnis abzulegen. Es war ein gemeiner Trick von mir, doch ich mußte ihn anwenden. Auch aus patriotischen Gründen darf man sich nicht zu einem Mordversuch hinreißen lassen. Das gleiche gilt für Cook. Selbst wenn Urtel ein ungewöhnlicher Schurke war, bleibt Cooks Handeln ein Verbrechen.«

Bigman war noch neugierig. »Was hatte der alte Knabe eigentlich gegen Projekt Licht, Lucky?«

»Das hat Peverale schon beim Bankett deutlich erklärt. Überhaupt wurde eigentlich an jenem Abend schon alles klar. Weiß du noch, wie er darüber klagte, daß die Erde durch die Einfuhr von Lebensmitteln und Bodenschätzen immer abhängiger von anderen würde? Seiner Ansicht nach verschärft Projekt Licht diese Lage noch. Es hinge dann von den Raumstationen ab, ob und wieviel Sonnenlicht sie zugeteilt bekommt. Er wünschte sich eine in jeder Hinsicht autarke Erde. So, meinte er, könne sie am besten der sirianischen Drohung begegnen.«

Luckys Stirn klärte sich, als er Bigman die weiteren Gründe für Peverales Vorgehen auseinandersetzte. »Offenbar war er nicht mehr ganz richtig im Kopf. So bildete er sich ein, durch Sabotage des Projekts Licht, die Sache der Autarkie zu fördern. Vielleicht hatte er ursprünglich nur beabsichtigt, den gestohlenen Roboter als ein dramatisches Beispiel für den technischen Vorsprung der Sirianer vorzuführen. Als er bei seiner Rückkehr jedoch Projekt Licht im besten Schwung vorfand, machte er aus dem Roboter einen Saboteur.«

Bigman nickte, und Lucky schloß: »Dann kam Urtel. Nun befürchtete Peverale, Urtel werde bei seinen Untersuchungen alles aufdecken und ihn bloßstellen. Also schlitzte er einen Isolieranzug auf und schmuggelte ihn in Urtels Zimmer. Doch der entdeckte die todbringende Beschädigung. Kann sein, daß er wirklich Mindes im Verdacht hatte.«

»Ja, du hast recht, Lucky. Mir fällt jetzt alles wieder ein. Als wir den alten Knaben kennenlernten, war er so sauer auf Urtel, daß er nicht mal über ihn sprechen wollte.«

»Genau. Und er schien doch gar keinen Grund für solche Abneigung zu haben, wie zum Beispiel Mindes ihn hatte. Ich dachte mir gleich, es müsse da eine verborgene Ursache geben.«

»Hast du da schon Verdacht geschöpft?«

»Nein, das war später. Als wir den aufgeschlitzten Isolieranzug in unserem Zimmer fanden. Ich dachte sofort an Peverale. Er kannte unser Zimmer. Er hatte die beste Gelegenheit, den Anzug reinzuhängen. Und er konnte den Isolieranzug leicht verschwinden lassen, wenn er seinen Zweck erfüllt und mich getötet hatte. Ich fragte mich nur: Was hat er für einen Grund mich umzubringen? Ich wußte kein Motiv dafür.«

Lucky schüttelte in der Erinnerung den Kopf. »Mein Name sagte ihm offenbar nichts. Er fragte mich bei der Vorstellung, ob ich wie Mindes ein Subtemporalingenieur sei. Dagegen hatte Mindes schon von mir gehört und versuchte, mich als Helfer zu gewinnen. Auch Dr. Gardoma kannte mich – in Verbindung mit dem Vergiftungsskandal auf dem Mars. Und Urtel wußte selbstverständlich alles über mich. Ich fragte mich, ob ich für Dr. Peverale wirklich so ein Unbekannter war, wie er tat.«

Bigman hörte gebannt zu, als Lucky weitersprach: »Mir fiel zum Beispiel Ceres ein, wo du und ich die Schlacht gegen die Piraten miterlebten. Dort befindet sich das größte Observatorium des Sonnensystems. Konnte nicht auch Peverale dagewesen sein? Ich fragte ihn danach, aber er bestritt, mir dort begegnet zu sein, obwohl er Ceres kannte. Cook erzählte uns ja später, daß der Alte häufig Dienstreisen nach Ceres unternommen habe. Ohne daß ich ihn darum bat, erklärte Peverale des längeren, daß er während des Piratenangriffs krank zu Bett gelegen habe, und Cook bestätigte das auch. Damit hatte sich Peverale verraten. In seinem Eifer hatte er zuviel ausgeplaudert.«

Der kleine Marsmensch starrte ihn verständnislos an. »Da komme ich nicht mit.«

»Ganz einfach. Wenn Peverale so oft auf Ceres geweilt hatte, warum baute er gerade für die Zeit des Piratenangriffs ein Alibi auf? Warum ausgerechnet für diesen Zeitpunkt und nicht irgendeinen anderen? Daraus schloß ich zweierlei: Er kannte den Zeitpunkt meines Aufenthaltes auf Ceres. Und er kannte mich!«

Bigman klatschte begeistert in die Hände.

»Wenn er mich aber kannte, warum wollte er mich ebenso wie Urtel töten? Er hatte uns beiden beschädigte Isolieranzüge untergeschoben, wie du weißt. Nun, wir waren beide Agenten, die Nachforschungen auf dem Merkur anstellen sollten. Wovor hatte Peverale Angst? Als er dann beim Bankett vom Sirius und seinen Robotern erzählte, fiel bei mir die Klappe. Mindes' Berichte von der Sonnenseite erschienen plötzlich glaubwürdig. Und ich wußte, daß nur die Sirianer oder Dr. Peverale einen Roboter auf den Merkur geschmuggelt haben konnten. Wahrscheinlich war es Dr. Peverale, dachte ich, und sein ständiges Gerede über die sirianische Gefahr ist nichts weiter als ein Tarnmanöver. Damit war er gedeckt, falls jemand den Roboter fing und die Sabotageakte dann aufhörten. Es würde ihm sogar noch den Vorwand für weitere Anti-Sirius-Propaganda liefern.«

»Aber du hast handfeste Beweise gebraucht«, warf Bigman ein.

»Ja, genau. Sonst hätte Senator Swenson sich nur darüber ausgelassen, daß ich die Unfähigkeit und Verschwendungssucht des Wissenschaftsrats vertuschen wolle. Da Urtel dauernd um uns herumstrich, wagte ich die Angelegenheit mit keinem zu besprechen. Nicht mal mit dir, Bigman.«

Bigman war beleidigt. »Wann wirst du mir endlich Vertrauen schenken, Lucky?«

»Sobald ich mich darauf verlassen kann«, sagte Lucky, »daß du keine Schlägereien mehr mit Männern vom Zaun brichst, die doppelt so schwer sind wie du.« Er lächelte, und das nahm der kritischen Bemerkung jede Spitze. »Jedenfalls nahm ich mir vor, den Roboter auf der Sonnenseite zu fangen, als handfesten Beweis meiner Thesen. Da er aber starb, mußte ich Peverale zum Geständnis zwingen.«

»Wie steht Senator Swenson jetzt da?« fragte Bigman.

»Ich denke, die Partie zwischen uns steht remis. Er kann kein großes Gechrei über Urtels Tod erheben. Denn wir haben Dr. Cook als Zeugen für Urtels schmutzige Methoden. Wir können ihm aber auch nicht ans Leder, weil die beiden führenden Köpfe des Merkur-Observatoriums wegen schwerer Verfehlungen von ihren Posten abgelöst werden mußten. Die Entscheidung ist somit vertagt.«

»Beim heiligen Mars!« stöhnte Bigman. »Dann sitzt uns also dieser Kerl weiter im Nacken.«

Lucky schüttelte den Kopf. »Nein, Senator Swenson brauchen wir kaum zu fürchten. Er ist rücksichtslos und geht immer aufs Ganze. Aber das hat auch sein Gutes. Es bewahrt uns davor, träge zu werden, und der Wissenschaftsrat kommt nie in Versuchung, mehr auszugeben, als nötig.«

Lucky blickte nachdenklich vor sich hin. »Ja, der Wissenschaftsrat braucht Kritik, scharfe Kritik, genauso wie Kongreß und Regierung. Wenn der Rat außerhalb jeder Kritik stände, würde ein diktatorisches Regime auf der Erde entstehen. Und das möchte ich unter keinen Umständen erleben.«

»Das mag schon sein«, sagte Bigman, noch nicht ganz zufriedengestellt, »aber deshalb kann ich Swenson noch lange nicht leiden.«

Lachend zauste Lucky das struppigrote Haar des kleinen Marsbewohners. »Ich auch nicht. Aber was kümmert er uns? Sieh, da vor uns liegen Millionen von Sternen. Wer weiß, welchen wir nächste Woche ansteuern – und welche Abenteuer uns dort erwarten!«

ENDE